七日間的幽靈，
第八日的女友
五十嵐雄策
Yusaku Igarashi

七日間的幽靈，第八日的女友

contents

七日間的幽靈，第八日的女友

五十嵐雄策

她已經不在了。
我再也沒有機會聽到，那個夏天裡，她透明如水的清澈聲音。
我大概是……無法承受這個現實吧。

Prologue
序章

印象中，那天我有些匆忙。

前一件事比預想中更花時間，害我接下來的約會遲到。

我看了看錶，發現已經超過約好的時間快要十分鐘了。這下糟了。我著急地快步走在飄盪著雨停後特殊氣味的路上。

等我總算快走到約好的地點時，地面都乾了。我想雨應該不會再下了，就把手上的折疊傘收進包包。

就在這個時候。

一輛車闖入我的視線中。

它的行進方式很奇怪。

地上明明沒有積水，它卻有種抓不住路面的虛浮感，簡直就像在馬路上滑行似地左右蛇行。

搞什麼鬼呀。當我這樣想的時候，已經太遲了。

那台車順著蛇行的勁道變換方向，滑出馬路，直直往人行道上衝過去。

危險！我反射性地奔出。

在大腦反應過來之前，身體就先採取行動了。

巨大的撞擊聲響起，劇烈的衝擊讓我失去意識，眼前陷入一片黑暗。

等我回過神來，臉頰上傳來路面冰冷而粗糙的觸感。

驚呼聲此起彼落地在四周響起，「撞到人了！」「沒事吧？」聽起來卻像是從很遙遠的地方傳來。

在意識逐漸朦朧時，我聽到了一個突兀的聲音。

與這混亂的場面極不相襯，溫柔而平穩的聲音。

我完全想不起來，那聲音到底說了些什麼。

可是，在最後聽到的那聲音，現在仍然深深地烙印在我心底，沒有隨著時間褪色。

我的意識就這樣陷入了黑暗之中。

我醒來時，第一眼看見的是潔白的天花板。

背後傳來床鋪略硬的觸感。

我心裡覺得奇怪，正打算起身時，手臂傳來一陣疼痛。

「哎喲，你還不能動啦。」

一道溫柔的聲音制止我正打算勉強從床上起身的動作。聲音的主人是一位穿著奶油色制服的護士小姐。

「這裡是醫院。你出了車禍，剛剛才被人送到這裡來，現在還需要躺著休息。」

「是這樣嗎……？」

「嗯，就是這樣。」

根據護士小姐的說法，我是在從大學回家的路上碰上了車禍，才會被送到醫院。

那似乎是一場相當嚴重的車禍，不過當時的記憶十分模糊，我想不太起來，只依稀記得剛彎過轉角，就有什麼東西迎面撞來……

姑且先不管這個，我的手腕似乎因為這場意外骨折了，而且斷得十分徹底。加上我的身體狀況需要持續觀察，接下來得住院幾天。

上次住院已經是小學時的事了。

我記得那次應該是騎腳踏車玩耍時不小心摔車，手臂骨折被送到醫院。這樣看來，我還真是完全沒有長進耶。我不禁苦笑。不過，無論是那次或這一次，除了我之外都沒有其他人受傷，是不幸中的大幸。

住院時，爸媽、妹妹跟朋友都有來探病。

「真是的，老婆，妳應該嚇死了吧？畢竟是聽到自家兒子被送到醫院來。」

「還好啦，男孩子就是要受點傷才會成長，一隻手臂有什麼大不了的。」

「……哥，你還是這麼蠢。」

家人展現了他們溫暖的關懷。

「你真有夠倒楣的耶，難得這禮拜社團要去旅行。雖然我們還是會按照原定計畫出發啦。」

「我們一定會買土產回來給你的，你就放心等著吧！」

「石膏很熱吧？好辛苦喔。好，那我們來幫你畫點圖好了！」

朋友們則表現出篤厚的友情。這兩者我都打從心底感受到了。啊啊，家人和朋友真是珍貴呀……這些混帳！

住院生活在這種氣氛下，轉眼間就過去了。

時序正要邁入七月時。

我終於可以出院了。

幾天沒回來的家看起來令人莫名懷念。

雖然只是平凡無奇的兩層獨棟建築，但爸媽一邊準備慶祝我出院的豪華大餐，一邊帶著滿臉笑容迎接我回家。妹妹一直在玩手機，卻也三不五時就會偷瞄我的情況。只有家裡養的貓——喵太，即使看到我，也只是一臉像在說「哎喲，你終於回來啦」似地，慵懶地打著呵欠。

眼前所見的情景都一如往常。

就這樣，我回到了原本的日常生活之中。

——應該是這樣的。

「明良，恭喜你出院！」

響起了一道出乎意料的聲音。

那個聲音的主人，正親暱地朝我接近。

「車禍住院一定夠你受的吧。」

「咦……？」

「我真的擔心得要命！就算出院了，也還沒有完全恢復吧？要是有什麼需要幫忙的就跟我說，我一定會幫你。」

她輕輕扶著我剛拆掉石膏的右手臂，一臉擔心地說。這個行為相當親密，簡直像是對好朋友或家人才會做的動作。

而我對此的反應卻是——

「……那個，妳是誰……？」

這種沒神經的發言。

如果我的記憶沒有因為車禍的衝擊而像硬碟損毀的話，我真的沒有看過眼前這個女生。既非大學同學，也不是打工店裡的同事，應該……也不是國中或高中同學才對。

不過接下來那個女生回我的話，內容遠遠超過我所有的猜測。

「你好過分喔……居然對著自己的『女朋友』問她是誰……」

她雙手掩住臉，抽抽搭搭地假裝啜泣著。

「咦？」

「女朋友」……？

「對啊，你在說什麼呀？居然問一夏她是誰？」

「同樣身為男人，你這種行為真是令人看不下去。」

「……哥，你忘嘍？是撞到頭了嗎？……啊，的確有撞到。」

爸媽和妹妹也是這種反應。

但就算他們這樣說，眼前的情況對我來說完全是晴天霹靂。不只是霹靂，簡直是仲夏的大落雷了。

因為——

我根本……就沒有什麼「女朋友」。

Chapter 1

第一章

和她、和幽靈

1

「明良，該起床了，不然你會遲到喔。」

我感到有人溫柔地大幅搖晃我的身體，意識逐漸從睡眠的深淵中浮上來。

早晨刺眼的陽光微微穿透眼皮，射進眼睛深處。窗外的蟬從一大早就精神百倍，唧唧唧地叫個不停。

「唔嗯……」

「起床啦~你今天不是第一節就有課嗎？還說心理學教授很重視出席率，絕對不能翹課對吧？」

那聲音彷彿在耳邊輕聲低語，十分悅耳。

拖長母音的說話方式相當獨特，讓我想要就這樣一直聽著這個聲音。話雖如此，我的腦袋卻很清楚，要是誠實地順從心裡的欲望，就會像耳邊那道聲音說的一樣，真的要遲到了。

我接受現實，睜開眼睛後，眼前出現的那張漂亮臉蛋，一口氣趕跑了所有睡意。

「啊，你總算肯醒來了。明良，早安。」

她臉上泛開一抹溫煦的笑意。

那張充滿療癒能量的笑臉，讓我幾乎要不自覺地報以微笑。我趕緊搖搖頭甩開這個衝動，提醒自己萬萬不可。我還沒有接受「她是我女朋友」這件事呢。

「嗯？怎麼了？你的表情好凝重喔。」

「……沒什麼。我要換衣服了，妳可以先出去一下嗎？」

「啊，抱歉。」

「女朋友」說完後就離開房間。

順帶一提，她出去前我有問她是怎麼進來的。她回：「咦？今天早上也是你媽媽讓我進來的呀？她還端了茶和早餐給我。」啊啊，原來如此……

昨天和今天「女朋友」都有來叫我起床。

老實說我早上總是爬不起來，睡過頭遲到這種事根本就是家常便飯。更何況有個女生在早晨溫柔地喚醒自己，應該是這世上所有男人內心深處的渴望吧。所以這件事本身對我而言可說是幫了大忙，不過……

「你包包收好了嗎？那我們一起走吧。」

「女朋友」對我甜甜一笑。

我心情複雜地和她一起走出家門。

我的「女朋友」——一夏，以「戀人」的身分出現在我眼前，已經過了兩天。

自從我出院那天起，一夏就斬釘截鐵地宣稱自己是我的女朋友。

我一開始當然是極力否認。

無論怎麼絞盡腦汁回想，我都根本沒有女朋友。更何況她長得那麼漂亮，只要看過一次就絕對不可能忘記，我卻對她一點印象都沒有。

「那個……妳是不是有什麼誤會？」

該說是誤會呢，還是根本就搞錯了呢。

不管怎樣，我想應該都跟我無關。

但是此刻爸媽所說的話卻讓我愣在當場。

「咦？你說什麼蠢話呀？她是一夏呀，你女朋友。」

「同樣身為男人，我無法認同你那種不負責任的發言。」

「……哥，你這渣男。」

「……咦？」

爸媽和妹妹都異口同聲地這樣說。

最讓我驚訝的是，我們家除了我以外的所有人，都認為她，一夏，是我的「女朋友」。

他們講得如此肯定，都讓我開始懷疑搞錯的人該不會其實是我自己了，但我仍對眼前的「女朋友」一點印象都沒有。

「——我明白了。」

「咦？」

我的「女朋友」開口說道。

「明良，你現在只是因為車禍的衝擊，所以頭腦有點混亂吧？不過沒關係，接下來我會盡我身為女朋友的責任，全心全意地陪在你身旁，讓你的身體牢牢記住，我是你的『女朋友』！」

她緊緊握住我的手，身體朝我靠近。她的手柔若無骨，還帶著幾分冰涼。

就這樣，我開始漸漸接受她是我的「女朋友」這件事。

「——所以咧，那個男人的寶寶就開始哇哇大哭。」

「喔，嗯。」

「寶寶哭得有夠慘，旁邊的人都開始用手遮住自己的臉又打開，想逗他笑，拚命地想要讓他不要哭。」

並肩走在大學的路上，我們聊著這樣的話題。

她——一夏，是個像豔夏的向日葵一般的女孩子。

首先，她很愛講話。話題一個接著一個，生動愉快地說個不停。簡直讓我懷疑起她根本不曉得「沉默」這兩個字怎麼寫。而我真的這樣吐嘈她後，「什麼呀，才沒有這種事呢！我從小就常被說是個文靜乖巧的小孩喔，而且——」她立刻像湍急的河流一般，又開始滔滔不絕地講個沒完。我決定就隨她去吧。

外表幾乎是無可挑剔。飄逸的秀髮彷彿散發著特殊的光輝，在肩膀上柔美地緩緩擺盪。纖長的睫毛和大而有神、眼角微微下垂的雙眼，嘴唇是粉嫩的櫻花色，每個部位都令人印象深刻。走在路上，每個男人都會忍不住回頭多看一眼吧。耳垂上閃閃發光的星形耳環也相當適合她。就算說她是模特兒或藝人，我想也不會有人懷疑。

而且，通常美女都令人難以親近，她卻不同。

爽朗又富有親和力，讓人覺得相處起來輕鬆自在。

要是這麼完美的女生真的是我的女朋友……

我雖然這樣想——不，實際上是這樣沒錯，可是——現在的情況實在讓人沒什麼真實感。一方面是因為我對她完全不了解，但更重要的是，她總給我一種虛幻感，彷彿下一秒就會消失，看起來就像是仲夏的幽靈。

「你怎麼了？」

「啊，沒事。」

我好像是看著她出神了，她直直地回望我的眼睛發問。我慌忙別開臉。她那雙真摯而直接的雙眼，散發出令人無法直視的光彩。

我低聲清了清喉嚨。

「那個，一夏小姐——」

「啊，關於這一點。」

我話說到一半，她就插話進來。

「可以不要叫我小姐嗎？叫我一夏就好了。」

「咦？」

「叫我一夏就好，因為你一直都是這樣叫我的。」

「咦？可是……」

要對一位才剛認識的女生（雖然只是我單方面這樣認為）直呼其名，多少還是讓我有點不自在。

我坦白說出自己的想法後，她雙手扠腰，面露不滿地說：

「你可以這樣叫沒關係。因為……」

她稍作停頓——

「我可是明良的『女朋友』呀。」

她露出惡作劇般的微笑。

七月的耀眼陽光似乎照得我雙頰發燙。

2

我就讀的大學位在神奈川縣的藤澤附近。

從最近的車站要到學校，得先坐十五分鐘的公車，再走十分鐘的路。校內附設國高中部，當初校方在招生時，拿位處湘南這點大肆宣傳，但其實這一帶只有山丘和養豬場，更令人驚訝的是，半徑五公里以內居然完全沒有海洋的蹤跡。當初剛進附設高中部時，大家都紛紛抱怨這根本就是詐欺，但過了這麼多年，那種感受早就淡得差不多了。隱約飄盪在空氣中的豬群野性氣味，現在甚至成了上下學時不可或缺的一道風景。

第一堂課在大教室。

由於學校位在窮鄉僻壤，校園大到不像話，走到大教室的路程相當遠，不過身體已經自然記得該怎麼走了。我稍微加快腳步，一夏也理所當然似地跟在我旁邊。

我突然想到一件事。

「那個，一夏小姐。」

「一夏。」

她立刻出聲糾正。

「咦？啊，嗯……喔，那個，一夏。」

「嗯，什麼事？」

聽到我乖乖改口，她露出讚許的微笑，側頭看過來。我裝作不經意的問道：

「一夏……和我念同一間大學嗎？」

「不是呀。」

她爽快地回答。

「咦，那，這樣不是不太好嗎……？」

「嗯？沒事沒事。我聽說大學的課堂都沒在管的，就算沒修這門課的人混進去也不會怎麼樣。」

「或許是這樣沒錯，可是……」

雖然心理學教授很重視出席率，但除此之外的事他都不太在意，而且幾乎可以容納一百人的大教室裡，就算多了一、兩個人，他也不可能注意到。是說也很少有人會跑去別人的課堂上旁聽啦。

話說回來，她有必要特地跑來跟我一起上課嗎？如果是希望我帶她在學校裡面逛逛，她也可以在附近的咖啡廳或學校餐廳等我下課就好……

我這樣提議後，她搖了搖頭。

「不，我想跟你一起上課，畢竟以前都沒有這種機會。」

「這樣啊。」

既然她都這樣講了，我也不好再拒絕。

但如果和她黏在一起行動，還會發生別的問題……

「喲，這不是明良嗎？」

此時，身後有人向我搭話。

唔，才這麼想，其中一個問題就來了……

我回過頭，看見祐輔正朝著這邊揮手。

杉本祐輔。我們從高中起就是同學，也是同一個社團的好夥伴。我住院時他也有來醫院探病。

「哦？這邊這位是……」

祐輔的視線移到一夏身上。糟了，該怎麼說明她是誰呢？三天前突然交到的女朋友，而且我還根本不曉得她是誰……不行，他肯定會覺得我是因為夏天太熱頭腦燒壞了。如果說一夏是我的親戚……但老愛強調自己是我「女朋友」的一夏肯定不會乖乖接受吧。我實在想不到其他更好的說法了。正兀自煩惱時，祐輔語氣爽朗地說：

「哦，是一夏呀，好久不見！」

「嗯，祐輔早安。」

「咦……？」

他們居然自然地互打招呼……

兩人臉上都露出笑容，和善地相視而笑。難道一夏原本就認識祐輔嗎？

我這麼詢問。

「啊？因為一夏是你的女朋友呀。」

「……咦？」

「你之前不是有跟我介紹過嗎？好像是哪一年在準備『七夕祭』的時候吧？」

「……」

祐輔也認為她是我的「女朋友」啊。

我是不是真的因為天氣太熱而燒壞腦袋了？

總覺得已經搞不清楚什麼才是真的了。

課堂上，即使一夏坐在旁邊一起聽講，也沒發生什麼問題。

正如我所料，教授絲毫不介意有其他人來旁聽。反而是我那些修同一門課的同學們很介意，三番兩次來找一夏搭話……不，這一點可能只有我覺得是問題。

九十分鐘的課程結束後，我走出大教室。

太陽已經高掛天空，陽光將附近的景色照得一片白。校園內樹木林立，樹影的輪廓清晰地落在地面上，蒸騰的熱氣裹著全身肌膚。今天好像也會很熱。

我伸手抹去額頭滲出的汗珠時，祐輔問我：

「你待會要幹嘛？」

「嗯，我想想……」

接下來的第二和第三節我都沒課，有一段空檔。因為沒吃早餐，想找個地方吃點東西。

我這樣回答後，祐輔點頭說道：

「是喔，我下一堂是英文，那我先走嘍，社團見。一夏也是，再見嘍。」

「嗯，再見。」

祐輔說完便離開了。

那麼接下來該去哪好呢？

眼前有好幾個選項。要去福利社買東西，還是到學校餐廳吃呢？又或者是到附近隨便找一家餐館呢？

正在猶豫時，有人輕輕拉了拉我的袖子。

「？」

怎麼了？我疑惑地回頭一看，聽到一個輕柔的聲音。

「那個，我有準備……便當喲？」

「……咦？」

我一瞬間聽不懂她在講什麼。

便……當？

一夏接著說：

「我是說，我做了便當來，也有準備你的份，我們一起吃吧。」

她邊講邊拿出可愛的便當盒。

這真的是出乎我意料之外。

想當然耳，我這輩子第一次碰上這種事。居然有女生親手替我做便當，而且還是一個這麼漂亮的女生，對我來說根本是踏入完全未知的人生領域。雖然我仍舊懷疑她到底是誰，但要是錯過這個機會，我覺得自己肯定會懊悔一輩子。

我不禁有些緊張地朝她點頭。

「那我們去找個可以吃東西的地方吧。」

「嗯。」

我們並肩而行。

學校裡面有好幾處地點能在室外用餐，在氣候宜人的季節也可以選擇去人工湖畔吃，但現在去應該會熱到中暑吧。我決定去學校餐廳……然而，我立刻就發覺，這是一個徹頭徹尾的錯誤決定。

「啊——」

在人滿為患的餐廳中，響起了這種聲音。

「………那個，這是，什麼？」

「什麼？小熱狗呀？」

一夏一臉認真地回答。

「不，這我知道……」

我不是在問那個。我的意思是，她為什麼要用筷尖夾著那條小熱狗，並打算送進我的嘴巴呢？

「咦？不對嗎？」

「不、不對？什麼東西不對？」

「我聽說男女朋友在吃飯時，都一定會這樣做呀……」

妳這到底是哪個年代的想法呀？

我之前就隱約覺得，她的某些地方有點奇特。雖然外觀和打扮與現今的大學女生無異，但偶爾會出現一些格格不入的舉止。就好像她的內在追不上外表似的……

「算了，沒差。總之先吃吧？這個章魚熱狗可是我的得意之作喔。啊——」

「咦？可、可是……」

「好啦，聽話，啊——」
「啊、啊——」
我沒想到都這個年紀了，還會在公共場合做這種事情。
她放入我口中的熱狗煎的恰到好處，切開的章魚腳又增進了口感。
「怎麼樣……？」
一夏有點擔心地詢問。
「嗯，好吃。」
「真的？」
「嗯，是我喜歡的口味。」
「這樣啊，太好了……」
聽到我的回答，她似乎是真的放下心來，脫口說出這句話。那個表情天真爛漫，還是該說毫無防備呢？讓我的內心不禁輕輕為之一震。
「還有很多，你盡量吃喔。」
這次她夾起了包著紫蘇的煎蛋送入我嘴裡。
煎蛋也是無可挑剔地美味。

「那兩個人大白天的在幹什麼呀……」「居然在那邊卿卿我我……」「太令人嫉妒了……」

四周傳來的淨是這種反應。

那些銳利的視線，令我坐立難安。

上完第四、第五堂課後，我今天就沒課了。

今天也不用打工，我決定要去社團露個臉。

「社團……我記得明良你加入的是『天文同好會』，對吧？」

「嗯。」

「印象中你和社長是朋友，從高中時就開始參加了吧？」

確實是這樣沒錯，但她為什麼會曉得呢？我正想開口問時，又突然打住。反正她大概也只會說「因為我是明良的『女朋友』呀」這種答案吧。

社團大樓位於校園深處。

而天文同好會，就在那棟大樓的三樓。

我們走到時，社團辦公室裡加上祐輔已經有六個人在了。

現在念大四的有社長真琴、誠二、浩一，還有跟我同樣是大三的片山和喜多嶋。同年級的兩人在我住院時也都有來探病，而且喜多嶋跟祐輔一樣，都是我從高中就認識的朋友。

「桐原你來啦，還有一夏也在。」

一進房間，真琴便出聲向我們打招呼。

「真琴午安。」

「喲，是一夏耶。」

「今天也很可愛喔。」

「妳跟桐原感情還是一樣好呢。」

「大家午安。」

其他社團成員也都一派自然地向一夏打招呼。看來連在這裡，大家都認為一夏是我的「女朋友」。我已經不會對這種情況感到絲毫訝異了。

放下包包，我找了張椅子坐下。一夏在旁邊跟社團的人講話。

「那個，看起來大家都到齊了，應該可以來開會了吧？」

真琴環顧眾人說道。

「今天要討論的主題是，即將到臨的『七夕祭』我們要擺的攤位。我們社團已經決定要做小型星象儀了，可是關於該怎麼分配準備工作以及當天的值班表，還需要再做詳細討論。」

「七夕祭」是五天後就要舉辦的學園祭。一般學園祭通常都是在秋天舉行，不過我們學校除了秋天的文化祭，還會在每年七月七日舉辦「七夕祭」。

「啊，抱歉，關於這件事呢，我那幾天突然要打工，可能不能來。」

誠二雙手合十高舉到臉前，開口道歉。

「什麼？」

「真的很對不起。」

「這下可頭痛了。」

真琴臉色一暗。

天文同好會的總人數還不到十個人，只要少一名戰力，就會造成莫大的影響。

大家開始討論該如何是好時，突然有一道聲音響起。

「那個……我來怎麼樣？」

「咦？」

說話的人是一夏。

她微微舉起手，抬頭望著眾人的臉。

「嗯……我是說，我來當社團的臨時小幫手。」

「這個……」

她主動說要幫忙，對我們來說當然是非常感謝。

但一夏不僅不是天文同好會的社員，甚至不是這間學校的學生……

「好呀，有什麼關係，就讓一夏來幫忙吧。」

「咦？」

祐輔說道。

「讓其他學校的人來幫忙應該不會有什麼問題吧？而且我們社團原本就算是聯合社團呀。」

聯合社團指的是由各所大學的學生聯合組成的社團。儘管現在社團內沒有其他學校的人，但在規範上是沒有問題的。

真琴也篤定地點點頭。

「一夏……那可以麻煩妳嗎？」

聽到真琴的話，一夏綻放出宛如向日葵般的滿面笑容，回道：

「當然，樂意之至！」

3

天文同好會分到的空間，是位在研究大樓裡的一間小教室。

教室不大，只能容納約不到二十人，不過我們決定在裡面設置小型星象儀，並展示社團過往的活動紀錄。

在決定讓一夏來幫忙的隔天，我和她兩個人一起來到這間教室。

「那麼，接下來就要開始進行準備……」

我向一夏大略說明待會的工作流程。

「嗯。」

「我們要在房間的正中央用紙做出一個半圓形天頂，在裡面設置小型星象儀。」

製作小型星象儀的工作，就落在我和一夏兩個人身上。

「星象儀是這麼簡單就能用手工做出來的東西嗎？」

「嗯，聽說每年都有做。因為評價很好，所以才決定今年也要做。」

製作星象儀聽起來好像很困難，但做起來其實也沒有那麼麻煩。當然光靠手工是不可能做出像博物館或科學館那種複雜的大型設備，不過只是小型星象儀的話，單憑我們兩人就足夠了。

「哦——原來如此。那星象儀該怎麼做呢？」

「這個嘛，首先要先裁紙做模板……」

我說明從網路上查到的製作方式時，兩人手上也沒閒著，開始忙著製作小型星象儀的投影機。

自製星象儀的第一步，就是從製作投影機開始。

從網路上下載模板的圖樣並且裁好之後，照星座的位置挖洞，最後再組合起來。光聽描述好像有點困難，不過該折或該打洞的地方一開始就都印在上頭了，所以並不棘手。熟練之後，針孔投影機本身只需要一個小時就能做好。

反而是之後為了投影出美麗的星空，需要花更多時間去調整半圓型天頂的位置和照明設備。

我們兩人並排做著裁切模板時，一夏開口問道：

「明良，你為什麼會加入天文同好會呀？」

「咦？嗯……為什麼喔，應該是因為對小學時看見的那片星空無法忘懷吧。」

「小學？」

「嗯，那時候我每年暑假都會去爸爸的鄉下老家。那裡雖然只是在瀨戶內海旁的小鎮，但是星空非常漂亮。該怎麼說呢，那帶給我幼小的心靈極大的震撼。讓我發現，原來星星是這麼地耀眼，是伸手幾乎就能觸及的閃亮存在。」

「這樣呀……」

有極短暫的瞬間，一夏的眼神看似望向很遠的地方。

彷彿在懷念著什麼般的神情。

怎麼了？我還在猶豫該不該問時，她的表情就已經恢復正常。

「欸，明良，你最喜歡哪個夏季星座？」

「我嗎？嗯，我想想——」

「啊，你等一下。」

我正要回答時，她突然又制止我。

「我也來說，待會我們一起說喔？好不好？」

「喔，好。」

我點點頭，兩人同時開口：

「「天琴座！」」

兩人的聲音完美地重合了。

陷入一陣沉默。我們望著對方不斷眨眼。過了幾秒，也不曉得是誰先笑了出來。

「啊哈哈哈。」

「噗呵呵呵。」

兩人間瀰漫著一股難以形容的奇妙氣氛。

那感覺與其說是因為默契太好而感到興奮，更像是分享同一個祕密的共犯那般，心底癢癢的感覺。

「好驚人，沒想到居然一樣耶。」

「嗯，我也嚇一跳。」

「一夏妳為什麼喜歡天琴座？」

我好奇地詢問。一夏微微側著頭，回答說：

「這個嘛，我的理由可能有點奇怪。我是因為聽了希臘神話中奧菲斯和歐利蒂絲的故事。那故事既恐怖又哀傷，但也極為美麗。」

聽到她的理由，我又嚇了一跳。因為這跟我喜歡天琴座的理由一模一樣。

奧菲斯和歐利蒂絲的神話，是描述知名豎琴演奏者奧菲斯為了意外死去的愛人歐利蒂絲，追隨她去到冥府的故事。因為奧菲斯強烈的盼望，冥王哈帝斯答應讓歐利蒂絲復活，只是他附帶了一個條件，要求奧菲斯在回到地上之前，絕對不能回頭。可是就在快到地面上時，奧菲斯卻忍不住回頭。「你為什麼回頭了呢……？」歐利蒂絲只留下這句悲傷的話語，就再次墜入冥界深淵，從奧菲斯的眼前消失。

「我能理解奧菲斯的心情。要是失去了重要的人，即使要賭上性命，我也會想把他帶回來。我想如果是我，也會採取同樣的行動……」

「一夏……」

「我也能懂歐利蒂絲的想法。她一定是希望最重要的人不要為了自己回頭，而是能一直望向前方。那個故事的重點並不在於淒美的結局，而是互相為對方著想的心意。嗯，絕對是這樣。」

「是呀，我也是這樣想的。」

奧菲斯不顧自身性命，追隨愛人歐利蒂絲闖進冥府。歐利蒂絲則為了奧菲斯的未來著想。我想這一定是關於過去和未來的故事。而其中的核心，必然是彼此對對方的強烈心意。

「還有，這個理由可能比較老套，有一部分也是因為我喜歡天琴座α星。」

「織女星嗎？」

「嗯，織女星。女生都喜歡織女呀，畢竟她可是公主呢。」

她說著，同時用雙手輕輕拎起裙襬兩端。

那模樣有些滑稽，我們兩個又笑了起來。

我覺得，兩個截然不同的人能喜愛同一件事物，是非常美好的事情。

「呼，終於完成了。」

「嗯，很棒很棒！」

一夏看著房間正中央剛完成的小型星象儀說道。

約一公尺高的吊鐘型半圓天頂，以及裡頭的針孔式投影機。

不是我要自誇，但我真的覺得做得很不錯。

「欸，我們來看一下嘛，就當第一組客人。」

「啊，這點子好耶。」

我們兩人一起鑽進半圓天頂裡。

裡面的高度不足以讓人站直，所以我們並排橫躺著。雖然內部空間不算大，但對我們兩個來說已經綽綽有餘。

「好了嗎？我要關燈嘍。」

「嗯。」

我感到身旁的一夏點了點頭，就將燈光熄滅。眼前頓時陷入一片黑暗，不過立刻有淡淡的光線從投影機中射出來。

「啊——」

我震撼地說不出話來。

上方是一整面的星海。

星星多得不計其數，簡直快佈滿整個半圓天頂。

那些當然不是真正的星星。

但是對我們來說，那些透著暖意的光芒，彷彿光之雨般緩緩地灑在我們身上。

「好溫柔的光芒……」

一夏脫口而出。

溫柔……嗎？

我覺得再也找不到比這更精確的詞彙來表達現在的感受了，輕輕嘆了一口氣。

我將視線轉回眼前開展的小小宇宙，夏季星座在半圓形屋頂上華美地閃耀著。順著看過去，在無數繁星中，有一個三角形的光亮顯得特別鮮明。

「妳看，那是天琴座喔。」

「哇，真的耶！」

「是由天琴座α星（織女星）、天鵝座α星（天津四）、天鷹座α（牛郎星）所組成的夏季大三角。」

這三顆星星完美地組成一個三角形。嗯，我們果然做得很好。

「好漂亮，這樣彷彿伸手就能碰到。」

「真的。」

「可是……那只是看起來如此罷了。真正的星星位在天空中極其遙遠的另一端，實際上根本不可能觸摸到的。只是看起來好像可以碰到而已。」

一夏有感而發地說。

她的語氣中似乎透著某種自虐的想法。

「我不這麼想，沒有星星是妳無法觸及的。不管是哪顆星星，只要堅持不放棄地持續伸長手，總有一天能讓它安穩地待在妳的手心裡吧。」

我沒有多加思索，自然而然地打從心底說出這句話。或許有點像在說教，但是，嗯，我想我應該沒有說錯。

在心中再度確認過自己的想法後，我繼續凝望著佈滿上方的小小星座們。

這時，身旁突然有些動靜。

像是啜泣般的聲音。

一夏好像在哭。

「一夏？」

「我……不會忘記的……」

「咦？」

「我……絕對不會忘記喔。和你一起看的……這個天琴座，還有小小的夏季大三角……」

她哽咽地斷斷續續說著。

「抱歉……我其實是個愛哭鬼……」

我不懂她為什麼流淚。

但是我們……等我注意到時，我們已經輕輕握著對方的手。

她的手，果然有些冰涼。

「天色都暗了。」

我們從展示用的小教室走出來時，太陽已經下山，夜晚悄然降臨。

東方的天空上，月色朦朧地高掛著。空氣中透著少許夜晚的涼意，附近傳來唧唧的蟲鳴聲。

我不自覺地害羞起來。

剛剛握著彼此的手，那份觸感好像還殘留在手心上。

我向旁邊瞄了一眼。

一夏也是從剛才起就少見地沉默著。

不對，我以為一夏也是因為在意剛剛的事情才這樣，但結果我發現她的模樣真的有點不對勁。

「……一夏？」

「……」

她的呼吸紊亂，單手按在胸口上，表情痛苦地蹲下。

「一夏！」

「沒……事，我沒事……」

雖然她這麼說，但一夏的臉色蒼白到我在昏暗的天色下都看得出來。

怎麼辦？我該找人來幫忙嗎？還是叫救護車……！

我掏出手機正要採取行動時，一夏卻制止我。她朝我搖搖頭。「我真的……沒事……待會就好了……」

「可、可是……」

不過，正如同她所說，沒過多久她的臉色就恢復正常。

她慢慢地站起來，身形還有些虛弱不穩，開口說道：

「我有點貧血，得多補充一些鐵質才行呢。」

「是這樣呀……」

「嗯。」

一夏微笑著回應。

她的笑容與平常不同，略顯無力，同時也像在拒絕任何進一步的追問……我什麼都問不出口。

接下來幾天，一夏也都陪在我身邊。

我們分享相同的時光，一起開懷大笑，一起做各種事情。

一夏總是露出如同向日葵綻放般的燦爛笑臉，不知從何時開始，她待在我身邊成了理所當然的事情。她成了一個無人能夠取代的存在。

「這樣就好嗎？」

「嗯，真琴拜託我們買的應該就只有這些了。啊，不過……」

「？」

「也買一下那個好了。」

「嗯？……啊，好喔。」

「我要芒果口味，明良你呢？」

「嗯……我要薄荷巧克力。」

「啊，感覺很好吃，等下分我一口。」

「喂。」

「呵呵呵。」

兩個人一起幫社團跑腿採買，瞞著大家偷偷買冰淇淋吃。

「好有趣喔！」

「嗯，真的蠻有趣的，這部電影很棒。」

「明良，你對哪個片段印象最深？」
「嗯，這個嘛……應該還是馬鈴薯吧。科幻的部分雖然也不錯，但是馬鈴薯那裡帶給我很大的衝擊。」
「我也是！……啊，突然好想吃馬鈴薯喔。」
「我懂。要不要現在就去吃？」
「好！就算翹掉定期考試我也要去！」
假日一起去看電影，接著還一起去吃飯。
「一夏，這裡是？」
「嘿嘿，這裡是我喜歡的地方。」
「妳喜歡的地方？」
「嗯，覺得沮喪或是難過的時候，我都會來這裡。這裡的向日葵像是在對著自己微笑一樣，總是能讓我獲得一些力量。」
「這樣呀。有種充滿能量的感覺呢。」
「……其實呀，這個地方我只有告訴你喔。是你和我兩個人的祕密基地。你要好好記牢喔。」

「嗯，我知道了。」

兩個人一起去了一夏的祕密基地，還打勾勾定下了約定。

身旁總有一夏燦爛笑容的日子。

不過，越是和她變得要好，和她共度的時光越是成了無可替代的寶物，我內心的某處就越是感到不安。

我想我大概是……喜歡上她了。

我認為她對我十分重要。

可是我卻連她住在哪裡都不曉得。

她平常都在幹嘛？出現在我身邊之前，她都做了些什麼呢？我對她一無所知。

這讓我相當沮喪。

4

七月七日。

很快就到了「七夕祭」當天。

我們前一天晚上就住在學校，進行最後的準備工作。

「那裡再向右邊一點，讓星星的照片更顯眼。」

「這樣嗎？」

「好，這樣就可以了。啊，那邊那個土星模型再往前一點點——」

在真琴的指示下，教室裡擺上一個又一個的裝飾。

原本呆板無趣的教室，逐漸蛻變成佈滿星星、充滿活力的空間。看到眼前的變化，我的心情也不禁跟著雀躍起來。

「總覺得……這樣子很不錯耶。」

「咦？」

一夏有感而發。

「就是呀，在文化祭前一天住在學校裡，有種青春洋溢的感覺。」

「啊，的確。」

我想人不管到了幾歲，在活動的前一晚都會覺得莫名興奮。

而大概也只剩下這一、兩年還有這種機會了吧。

學生時代才有的，宛如青春尾聲的殘火餘暉般的存在。不久以後，等我們大學畢業、開始工作，成為社會人士，終於能夠喘一口氣時，恐怕也無法再體會到此時此刻的飛揚心境了。

「嗯嗯，我活到第二十個夏天，總算體驗到青春洋溢的極致感受了。」

一夏開心說道。

原來她比我小一歲。我現在才第一次聽說這件事。

「……」

過了一會兒，所有準備工作順利結束。

接著……「七夕祭」開始了。

校園內擠滿了來參加活動的群眾。

四處都是成排的攤販和學生的活動攤位，現場十分熱鬧。

只是和一般文化祭不同，身穿浴衣的人數很多。一方面是因為時期剛好，再加上這又是以「七夕」為主題的活動，所以「七夕祭」非常適合穿浴衣。

「謝謝！」

我和祐輔一起站在接待處，送走不曉得是今天第幾位穿著浴衣的客人。

「浴衣果然超讚的～從領口露出的那片頸部肌膚，實在叫人受不了。明良你不覺得嗎？」

「唔，這個嘛……」

我確實也覺得身穿浴衣的女生特別有魅力，但並不會像祐輔那樣，著迷到連眼神都變了。

每次有女生穿著浴衣過來，祐輔就會發出「哇喔喔喔喔」或「來了！」這類詭異的聲音。我則是邊側眼旁觀他奇異的反應，邊淡然地接待客人。

沒過多久，就到了換班的時間。

喜多嶋前來接手接待工作。

「明良，辛苦了。」

「嗯，謝謝。」

「等一下等一下，妳就不用跟我說一聲辛苦了嗎？」

「你就免了。反正你肯定只是一直盯著穿浴衣的女生，興奮得要命吧。」

「唔……」

喜多嶋一針見血的發言，讓祐輔無從反駁。

我見狀不禁苦笑，喜多嶋對祐輔講話還是那麼毒。

這時，我注意到她身後好像還有別人。

「好啦，妳快點出來給他看看呀。」

「可、可是……」

「很好看啦，快點。」

「唔，好、好吧。」

「？」

喜多嶋臉上浮現意味深長的笑容，從她身後走出來的，則是穿著浴衣的一夏。

她穿著一件零星點綴著繽紛牽牛花的浴衣，此刻正害羞地雙手緊緊捏著浴衣下襬，抬眼望著我。

「啊……」

看見她這副打扮，我不禁愣住。

真的就是整個人在當場石化。

她穿浴衣的樣子實在是……太漂亮了。

「怎、怎麼樣？會不會很奇怪？」

「咦？啊，喔……嗯。」

怎麼辦？我覺得有點難以直視一夏的臉。

室內明明開著冷氣，我卻覺得雙頰火熱，心臟像是要爆裂一般，噗通噗通地猛烈鼓動著。

一夏也低垂著頭，一副不知所措的扭捏模樣。

看我們兩人這副德性，喜多嶋不禁面露微笑，臉上露出「真是拿你們沒辦法」的表情。

「好啦，你們兩個接下來都不用值班吧？去其他攤位看看，四處逛逛嘛？」

「咦？可、可是……」

「剩下的工作就包在我身上，這可是難得的『七夕祭』，好好享受吧。」

我猶豫了兩秒鐘，望向一夏的臉，接著點了點頭。

「……好。謝啦，喜多嶋。」

「謝、謝謝。」

「不會，沒什麼大不了的。」

她溫和地笑著搖頭。「……我也只能做這點事情來贖罪了。」

「？」

喜多嶋的最後那句話，被教室外頭傳進來的喧雜人聲掩蓋住，我沒聽清楚她到底講了什麼。

我轉頭向一夏說道：

「走吧？」

「嗯、嗯。」

我們牽起手，走出展示教室。

一踏出研究大樓，令人眼花撩亂的各個攤位立刻映入眼簾。

到處都加上了雪屋或燈籠等五花八門的裝飾，空地上也架設了巨大的高臺，正在舉行盆舞。平常景色可說是乏善可陳的校園，現在簡直像是夏日祭典的會場，充滿了繽紛的色彩。

「哇，太驚人了，原來大學的學園祭是這種感覺。」

「啊，我們學校可能不太一樣。秋天舉辦的文化祭，氣氛會再更沉穩一些。」

「這樣呀。不過這樣感覺也很開心呀，我覺得很棒。」

我們兩人隨性地逛著攤販。

撈金魚、釣水球、炒麵、章魚燒。無論哪個攤位都擠滿了人，讓人湧起一股懷念之情，目光不斷被吸引過去。

「攤販就是有種特別的氣氛呢，光看就讓人覺得興奮。」

「我能了解妳的心情。」

「是吧？我小時候還因為撈不到金魚而大哭，顧攤的伯伯只好一臉無奈又好笑地送我一隻特大號金魚。」

一夏開心地笑著說。

我小時候也發生過類似的事。撈金魚的攤販，通常不管你有沒有撈到，他都會送一隻給你。對當時我們稚嫩的幼小心靈來說，在小小塑膠袋裡來回游動的金魚，就像一個小小的寶物。這麼說來，當時帶回家的金魚後來怎麼樣了呢？雖然大多過了一個禮拜左右就死掉了，不過好像也有幾隻活了好幾年，還長到超過二十公分以上。

「我也很喜歡水球，很多水球的顏色都很漂亮，我會把它掛在窗邊，然後一直盯著看。」

「不過隔天看到它消氣，就會很失望對吧？」

「沒錯。我還曾因為這樣大哭呢。」

我們一邊聊著兒時回憶，一邊在校園中閒逛。

這時，一夏的眼神突然停在某個攤販上。

是賣章魚燒的攤位。

「欸，我們去買那家好不好？」

「啊、嗯，好呀。」

「太棒了。我從穿上浴衣後就一直餓到現在。」

一夏淘氣地吐舌頭笑著說。這種自然不做作的表情，實在很像她會有的反應。

更何況我剛好也餓了，根本連一丁點反對的理由都沒有。

「不好意思，請給我一份章魚燒。」

「好的～歡迎光臨。一份一百二十圓……哎呀，這不是桐原嗎？」

「咦？」

我正打算從口袋裡拿出錢包時，攤位上的小販朝我搭話。

「呃……」

「你是桐原吧？是我呀，高柳，一年級的時候我們修同一堂英文課。」

章魚燒攤位的小販——高柳親切地衝著我笑，又看看站在我身旁的一夏，露出揶揄的笑容。

「不會吧？真令人羨慕耶，這是你女朋友？」

「啊，這個嘛——」

我猶豫片刻後，還是接著回答。

「嗯，沒錯。她是我女朋友，一夏。」

「啊……」

我聽到身旁的一夏發出小小的驚呼聲。

「哦——我還以為你對戀愛沒興趣，沒想到還蠻有兩下子的嘛。桐原的女朋友，妳好，我是高柳。」

「啊，我是一夏。請多多指教。」

高柳特別多送了幾顆章魚燒給我們。

我們並肩走著，一起吃著熱呼呼的現做章魚燒。

「……欸，明良，剛剛……」

「嗯？」

「……沒事，沒什麼。」

一夏好像想說什麼，卻又把話吞了回去，不過她的表情看起來好像很高興。

我們又逛了好幾個攤位，接著往跳蚤市場走去。

這裡也同樣熱鬧，擺滿了各式商品。有卡通人物的玩偶、二手服飾，甚至連充滿歷史感的陶壺這種東西都有。一夏看得興高采烈，眼睛閃著光芒。

「啊，這個好可愛。」

在眾多商品之中，一夏伸手指著一條項鍊。

星星和月亮配在一起的設計，的確相當別緻。

「這是一組對鍊，很適合情侶兩人一起戴喔，要不要考慮看看？」

顧攤的人開口勸說。嗯，價格也不貴。

「好，我買了。」

「明良？」

「好的，謝謝，收您一千五百圓。」

從顧攤的人手上接過項鍊後，我將其中一條遞給一夏。

「一夏，這給妳。」

「咦？」

一夏回應的聲音中透露著詫異。

「該說是給妳的禮物，還是想表達謝意呢？畢竟很謝謝妳這次願意來幫社團的忙，也包含了這份心意。而且妳看，這跟妳那副星星耳環也很搭。」

一夏總是戴著一副星星形狀的耳環，上面有著淡淡銀白色的小星星，想必是她很中意的飾品吧。我覺得這條項鍊和那副耳環配在一起很搭。

「明良……」

一夏伸手摀住嘴巴，露出快哭出來似的複雜神情。

月亮和星星依偎在一塊兒的這條項鍊，真的非常適合一夏。

『接下來大會將施放煙火，慶祝活動圓滿結束，請各位來賓移動到中庭觀賞。』

從設置在校園內的喇叭中傳來活動公告。

「我們走吧，一夏。」

「好。」

兩人牽起手，踏出步伐。

我們剛走到空地，頭上就炸開了聲響。

「啊……」

色彩繽紛的光雨佔滿了所有視野。

紅、藍、綠、黃、橙……顏色鮮豔地簡直像是超脫於現實的異世界一般，在漆黑的夜空中綻放出碩大的花朵。

「好漂亮……」

一夏像是在作夢般地喃喃囈語著。

五顏六色的光芒映照在一夏身上，將她染成彩色。那副身影顯得有些神祕，但是非常美麗……

為什麼呢？

總覺得我以前也看過這幅畫面。

佇立在從天而降的萬丈光芒中，沉醉地凝望著天空的「她」的身影……

就在這時，一發特別壯觀的大型煙火在夜空中炸裂。

四周紛紛響起歡呼聲，那片光芒將這一帶照得亮如白晝。

眼前的景色彷彿是電影中的一個場景。

身旁一夏牽住我的那隻手……似乎用力握得更緊了些。

「明良……」

她那雙水晶般清澈透亮的雙眼，轉而望向我。一夏緩緩拉起我的手，輕輕地放在她的胸前。

「啊……」

「你有感覺到我的心跳嗎？噗通噗通地，跳得好劇烈。」

「啊、嗯，有……」

「一定是因為今年也能見到你，所以覺得很高興吧……」

聽說心跳聲是人類在媽媽的子宮裡所聽見的第一道聲音。

不曉得是不是因為這樣，只要一感覺到那規律的鼓動，就讓人覺得十分安心。

5

「七夕祭」順利落幕，後夜祭接著就要開始了。

校外的客人都回去了，校園顯得有些空曠，忙了整天的學生們則趁機隨性地享受最後這段時光。附近喇叭飄來柔和的音樂聲，所有人都沉浸在活動結束之後，慵懶又放鬆的氣氛裡。

再過沒多久，七夕就要結束了。

今天是禮拜天，我與一夏相遇，到今天剛好過了一個禮拜。

「結束了呢。」

走到人工湖畔時，一夏突然冒出這句話。

「感覺過得好快喔。我真的玩得很開心……」

「嗯。」

真的非常開心。

和一夏一起度過的這七天。

早上她叫我起床，在學校一起吃便當，兩個人一起去看電影或散步，還有像今天這樣一起逛「七夕祭」。

似長又短，不可思議的一個禮拜。

但我認為這是一段非常凝鍊而深刻的時光。

「星象儀也大受好評耶，來了好多客人。」

「嗯，果然還是天琴座最受歡迎，畢竟是夏季大三角，在這個季節還是最引人注目的吧。」

「才不是咧～是因為有織女星這個公主在啦！」

她笑著爭辯，接著靜靜地將視線投向夜空。

「牛郎和織女，不知道有沒有順利見到彼此？今晚結束後，到明年的今天為止，他們都必須分隔兩地呢……」

仰望天空，輕輕吐出這段話的一夏，側臉看起來有些落寞。

那神情看起來不僅是因為七夕的結束而感到惋惜，還像是要放棄什麼似的。

一夏現在在想什麼呢？

過去這七天，她都在想些什麼？都在看些什麼呢？

我想要知道更多關於她的事。

「那個，一夏……」

「……？」

「那個，呃，一夏妳……」

就在這個時候。

「——咦？日……日向？」

「！」

突然傳來一道聲音。

循著聲音看過去，是個在黑暗中也能看出她的表情極為震驚的女人。

「咦？是……日、日向、嗎……？這、這是？為什麼……？不可能……」

她緊緊盯著一夏，聲音劇烈顫抖著，簡直就像撞見幽靈似的。

「啊，我、我是……」

一夏正打算回答時。

那女人的同伴驚訝地望著那個她，關切地問：「吉野，妳怎麼了？是妳朋友嗎？」那女人立刻冷靜下來，朝同伴搖了搖頭。

「啊，不，不是。應、應該是我認錯人了吧。因為日向她……」

「……」

一夏像是要逃離她的最後半句話般，拉著我的手跑了起來。

她在昏暗的校園中奮力奔跑，即使撞到人也不管。

我光是要跟上她的腳步，就有點勉強了。

過了一會兒，我們跑到了一個沒有人的地方，一夏才停下腳步。

「一夏……」

「……」

一夏沒有回應。

她只是緊緊抿著嘴，像在忍耐著什麼痛苦似地，將我的手握得緊緊的，兀自低垂著頭。

對著眼前不尋常的一夏……我輕聲開口詢問。

「一夏。」

「……」

「妳究竟……是誰？」

這個問題，之前我一直問不出口。

總覺得要是我問了，好像就有什麼會結束一樣。彷彿一夏就會離我而去。

但是剛剛那個女人叫她「日向」時，她的反應很大。

她很明顯的動搖了。

「我……就是我呀。」

聽到我的問題，一夏緊緊地咬著唇，吐出這幾個字。

「日向一夏，二十歲，喜歡吃的食物是冰淇淋和醃漬鮭魚，興趣是散步、拋接球，還有和貓玩耍。然後……從四年前開始，我是明良的『女朋友』。」

「四年前……」

從那麼久以前嗎……？

我想不起來。

腦中像是有一層厚厚的霧靄覆蓋著，想不起和她有關的記憶。

但只要望著一夏的眼睛……就能明白她不是在說謊。

「這是我第幾次自我介紹呢……果然還是很難受呀。」

一夏喃喃地說完，就抬頭望向天空。

我回過神，才發現早已飄起雨來。

安靜、惆悵而冰冷的細雨。

聽說七夕當天下的雨稱為「灑淚雨」，其中蘊含著兩種意義，分別是見不到彼此而落下的悲傷眼淚，以及相會後又不得不分別的惜別淚水。告訴我這件事的人，究竟是誰呢……？

「……回去吧。」

一夏說了這句話，她沒有看著我。

「啊……」

我覺得不能就這樣讓她離開。

我突然有種預感，要是在這裡放開一夏的手，就再也見不到她了。我拚命伸長了手，想要拉住越走越遠的一夏。

就在這時，頭部突然傳來一陣劇烈疼痛。

「……唔……」

我全身虛脫，乏力地雙膝跪地。

眼睛深處，頭部的最裡面，不斷傳來陣陣刺痛，那疼痛像是有重物沉沉地壓在大腦上。眼前淨是白晃晃的一片，意識越來越模糊。

……為什麼我會在這裡呢……？我剛剛在做些什麼……？

……啊，對了，我和一夏一起來「七夕祭」，逛了好多攤位，還看了煙火……

一夏……？一夏，是誰……？

一夏就是一夏……是我的「女朋友」，是無法取代的珍貴存在……

「女朋友」……？「女朋友」是怎麼回事……？

我不明白。

腦中一片混亂，完全無法思考。

我不穩的身子眼看就要倒在地上，是一夏溫柔地接住我。她臉上的神情十分複雜，既像悲傷，又似絕望。

「沒關係的。你不用再想了。」

「一、夏……」

「果然……我還是沒辦法做到嗎？」

一夏仰望著夜空輕輕吐出的這句話，聽起來十分遙遠。

「我真的不知道了……我該怎麼做才好？如果到頭來結局總是如此，我要重覆這種事幾次呢……？」

我完全不能理解一夏在說什麼。

我聽不清楚她的聲音，頭部的陣陣疼痛讓我無法多作思考。唯有一件事是確定的，那就是從我的心底湧起一股非常悲痛的情感。

「我……就像是……幽靈一樣……」

從頭部後方，傳來一夏的觸感。

像是包覆著我一般，那溫柔的觸感，伴隨著一股甜美、柔軟的香氣。

「所以，我們能在一起的時間只有……夏天的這一個禮拜。這一個禮拜結束後，你就會把我忘記。簡直就像從一開始我就不曾存在過一樣……」

我模模糊糊地聽著一夏的低語，在那股隱約的香氣之中，我的意識漸漸如霧一般散去。

「明良，再見。快樂的一個禮拜該結束了。等你醒來時，就不會記得我了。下次見面，就是明年了……」

一夏臉上掛著寂寞的微笑，輕輕地這麼說：

「……下次碰面，也請多多指教嘍。」

那就是，一夏的最後一句話。

幾乎是在聽到那句話的同時，我的意識急速消失，昏了過去。

我的一個禮拜——畫上句點。

◇

接著，又到了新的一個禮拜一。

我大大地伸了懶腰，清醒過來。

在床頭旁，代替鬧鐘的手機吵鬧地響個不停，我伸手按掉，揉揉惺忪的睡眼。這麼說來，之前早上好像都會有誰來叫我起床的樣子……我迷迷糊糊地想著。

換好衣服到一樓時，全家人都已經到齊了。

「明良，早。」

「今天有點晚耶。」

「哥，你頭髮亂翹。」

眼前的光景是每天都會出現的家人團聚畫面。

但心底總覺得好像還少了什麼。

「喂，是不是還少了一個——」

我話說到一半便決定作罷。因為要是說出這句話，似乎會讓自己感到極為空虛。爸媽和妹妹好像想說些什麼，露出複雜的表情。

我在餐桌旁坐下，開始吃早餐。

今天的菜色是炒蛋和小熱狗。

究竟是為什麼呢？

章魚形狀的那些小熱狗，猛烈地衝擊我的內心。我是不是忘記什麼非常重要的事情了？有股空虛寒冷的氣息吹拂過心底。

——夏天的幽靈。

這幾個字突然躍入我的腦海。

夏天雖然是萬物生靈活躍蓬勃的季節，同時也是死亡的季節。怪談、試膽活動、還有盂蘭盆節。夏天和死亡有著密不可分的關係，就像一枚硬幣的正反面，無法切割。這樣說來，就算有幽靈在附近閒晃，或許也不是什麼不可思議的事情。

叮咚。

玄關的門鈴突然響了。

這麼早，究竟是誰呢？

放下手中的筷子，我朝著玄關走去。

Diary1
日記①

七月二日

我今天也會去叫明良起床。

身為他的「女朋友」，做這點小事是應該的（挺胸）。

明良似乎有點難叫，但是他的睡臉像天真無邪的小孩子一樣，非常可愛。

後來我陪他一起去學校，偷偷潛入心理學的課堂跟著聽講。

下課後兩人一起吃便當，他說小熱狗很好吃。害羞的明良也好可愛喔。

七月三日

我會去他們社團幫忙。

天文同好會似乎打算自己製作星象儀，原來星象儀是這麼簡單就能做出來的東西啊。

成品上的「天琴座」也相當漂亮呢。這是牽起明良和我之間緣分的星座。兩個人喜歡同樣的東西，讓人覺得莫名開心。

七月四日

我們去幫社團跑腿採買，還順便買了冰淇淋偷吃。是橘子和哈密瓜口味的。這是我們兩個的小祕密。

我今天寫了信，寄給未來的一封信。等信寄出去之後，我得去把那個東西埋在櫻花樹下才行。

七月五日

今天和明良一起去看電影。

是一部帶著恐怖元素的童話電影，凶手居然是個出乎意料的傢伙。看完電影後，我們去吃了中華涼麵。畢竟現在是炎熱的夏天嘛。

今年夏天似乎會成為一段非常特別的時光。我遇見了明良，終於抓住了屬於我的明亮星星，是「獨一無二的夏天」。我想去海邊玩，也想去觀星……有好多事情想做喔。

七月六日

今天住在學校進行準備工作。真令人開心。我也好想在高中的文化祭體驗一下這種經歷呀……

七月七日

「七夕祭」當天。我第一次穿浴衣給明良看。他說我穿起來很好看，真開心。

然後我們一起看了煙火，五彩繽紛、充滿幻想氣氛的煙火，我忍不住看到出神。直到明良拍我肩膀之前，我都愣愣地著迷在絢爛的光芒中，啊啊，好丟臉喔。

接下來是後夜祭。我居然還把日記本帶到外頭來，是不是有點奇怪呀？但是我實在好想盡早把今天體會到的所有感動都記錄下來，剩下的就回家後再寫吧。

Chapter2

第二章

銀河

給五年後的明良：

你看到這封信時，應該變得更加成熟穩重了吧。

你上大學了嗎？還是已經出社會了呢？如果到時候我還在你身旁就好了呢。

五年後，變成大人的明良。

你現在臉上是什麼表情呢？有長成一個帥氣的好男人嗎？光是思考這些問題，我就不禁十分期待，心裡越想越興奮。我真是個急性子呢。

這封信，會在五年後，你生日的那天送達。

五年後的八月十一日。

所以呢，雖然可能算不上是禮物，但我準備了一個東西要給你。

我待會就要去把它埋在我們常常一起看星星的地方，埋在那棵櫻花樹下。

就像是時光膠囊吧？我希望能把現在的心情傳達給你。然而我最希望的，還是到時候能和你一起去把它挖出來。

再跟你說一次：明良，生日快樂。

能夠遇見你，能夠和你在一起，我終於抓住了屬於我的那顆星星。

那顆星星代表的可能是家人間的羈絆、和你的相遇，也有可能是我和你的未來。它現在仍安穩地躺在我的手掌心中，閃閃發光。

明良，和你一起度過的這個夏天，真的非常快樂。

那種喜悅像要從內心滿溢而出似的，我覺得很幸福。

自從我們相遇以來，已經過了一個月。

自從我們交往以來，已經過了一個禮拜。

這段日子，每一天都閃耀著燦爛的光芒，每一天，我都變得更加喜歡你。

可以的話，我希望今後也能永遠和你在一起。

如果你也這樣想就好了。

我希望無論何時，我都能像那片夜空中閃耀的星星，陪伴在你的身旁。

0

第一次遇見他，是在高一的夏天。

時間是晚上九點過後，地點在公園。

我記得那天我正從醫院要走回家，因為想看的電視節目快開始了，我打算抄近路，才會踏入平常不會經過的那座公園。

那晚，公園裡沒有人。

夜幕壟罩，樹叢間漆黑一片，空氣中隱約傳來邊鞦韆隨風搖晃的唧唧聲。我覺得有點恐怖。

這座公園平常主要是附近小孩的遊戲地點，晚上幾乎沒有什麼人會來。雖然偶爾會有來遛狗的人或是一些情侶，但也不常見，加上路燈又不多，從遠處望來，這塊區域簡直像一個深邃的黑洞。

我正想要加快腳步離開時，突然注意到一件事。

「……唔。」

——有人在。

我看見黑暗之中，有個身影隱隱約約地佇立在前方。

如果是變態，我該怎麼辦？

我雖然感到不安，但那個身影就站在公園的正中央，要穿過公園一定得經過那裡，不然就要趕不上連續劇的最後一集了。

——好。

我下定決心，衝了出去。

我用力蹬地，打算一口氣從那個人影旁邊穿過。

就在這個時候。

我不小心絆到了什麼東西。

啊，糟了。我心中暗叫不妙，但已經來不及了。伴隨著巨大聲響，我跌得四腳朝天。

這一跤摔得之慘，就連我自己都覺得實在太誇張了。

「好痛……」

地面的觸感相當粗糙。

不過比起右手傳來的疼痛，我更在意制服裙襬有沒有弄髒。這真是女孩子的悲哀呀。

我伸手拍去黏在裙面上的泥沙時，頭頂上方傳來了一道聲音。

「妳沒事吧？」

我抬起眼，望見一張寫滿擔心的臉龐，那個男生看起來十分溫柔。

「那個……妳好像摔得很誇張……」

「……唔……」

他的話讓我的臉頰立刻熱了起來。

一想到他目睹了我剛才摔個狗吃屎的慘狀，我就難為情地想馬上找個地洞鑽進去。

「啊……」

我下意識地揮開他朝我伸出的手，拔腿就跑。那個男生似乎在後頭朝我喊了幾句話，但我決定當作什麼都沒聽見。

這——就是我跟他的初次相遇。

1

「……呼。」

放學前的班會時間一結束，我就不自覺地嘆了一口氣。

我將視線往前移，看向右手腕上纏繞著的繃帶。

那是昨晚留下的傷。雖然只是扭傷，但因為是慣用手，今天上課抄筆記就有點困難了。筆記本上爬滿了像蚯蚓般歪歪扭扭的字跡，看得我又是一陣搖頭嘆息。

「日向，妳有空嗎？」

「？」

叫我的人是吉野。

吉野是從高一就跟我同班的朋友，我們還蠻常聊天的，放學後也常一起去玩。

「我和齋藤她們待會要去唱歌，妳要不要也一起來？」

吉野瞇起鏡片後的圓眼，開口問道。

這實在是個非常誘人的提議。

「啊，我想去……可是今天不行。不好意思，我剛好有點事。」

「真的嗎？」

「嗯，下次要再找我喔。」

「好吧。妳的聲音很好聽，我原本很期待聽妳唱歌的說。我知道了，下次再一起去唱歌吧。」

我很喜歡唱卡拉ＯＫ，可以的話我是很想去，但今天有別的任務在身。我朝吉野揮手道別，踏出教室，在一樓大廳前將校內用鞋換回外出鞋，走出校舍。

校園內可以看見許多運動性社團在炎熱的大太陽下跑步。最近因為梅雨下個不停，沒辦法充分練習，每個人都奮力地向前跑，簡直像要補回這陣子不足的運動量似的。大家都很努力呢。

我的目光飄向球場角落，前陣子還光禿禿的樹木，現在已是一片茂密綠意。陽光炙烈，沒擦防曬油就會曬得皮膚微微刺痛。再過一陣子，就真的要邁入夏天了吧。我很喜歡夏天，因為我的名字裡有「夏」這個字。

離開學校，我朝著昨天那座公園走去。

說實話，我一點都不想再踏進那裡。

從學校過去根本不順路，到家以後還要再多走一段，又是才剛出過洋相的地點。身為一個正值青春年華的纖細少女，我這一個月都不想再靠近那裡。但發生了一件事，讓我無法如願。

昨天晚上我回家以後，發現原本掛在包包上的玩偶不見了。

估計是跌倒時掉了。我離開醫院時，玩偶應該還在包包上，所以肯定是那時弄掉的。

但是，要再去一次那座公園，就意味著有可能會再遇見那個男生……

我滿心不情願，勉強拖著沉重的腳步慢慢前進，走了好一會兒才到公園。

太陽還沒下山，仍有許多人在活動的公園裡，洋溢著有別於夜晚的活力朝氣，蟬鳴此起彼落地四處響著。

那男生今天究竟會不……啊，在那裡。

他就和昨天一樣駐守在公園的正中央，仰望著天空。

我就知道……如果玩偶真的掉在這裡，應該就是在那附近。

也就是說，無論如何我都一定得和那個男生講話了。嗚嗚，我只要想到昨晚那一幕，就覺得心情好沉重呀……

總之先跟他打招呼吧。

你好，我是昨天在這裡跌倒的那個人。不不，這樣說實在太丟臉了，而且根本不曉得對方還記不記得我。今天天氣也很不錯呢。這也不行，又不是老人家。我現在正在觀察這附近地上的螞蟻窩。這種藉口聽起來也行不通。

我雙手抱胸正兀自煩惱時，突然有人朝我搭話。

「請問……」

「！」

我抬起頭，就看見那個男生正側頭望著我。

嚇我一跳。

我完全沒料到對方會主動接近，下意識朝後縮了縮身子。

「請問，妳是昨天那個女生，對吧？」

「咦？啊，嗯。」

他記得我。明明昨天那只是短短一瞬間的事。

「妳的傷勢還好嗎？」

他的聲音聽起來很誠懇，是真的很擔心我。察覺到這點，我心中緊張的情緒也稍稍舒解開來。

「啊，嗯，雖然扭傷了，但不是很嚴重的樣子。」
「這樣呀，那就好。」
「那個，我有件事想問你，你有沒有看到這附近掉了一個玩偶？」
「玩偶？啊，該不會是指這個吧？」
那個男生從制服口袋取出一樣東西。他的手心上，正放著我昨天晚上弄丟的玩偶。
「啊，就是這個！謝謝你幫我撿回來。」
「不客氣，因為看起來好像是很重要的東西。」
重要——正如他所說。
這個幾乎只有手掌大的貓咪玩偶，是妹妹去年送我的生日禮物。
「還好順利物歸原主了，那就先這樣嘍。」
那男生語畢便回到他原本待的位置。
他站在公園正中央，看著一個像是望遠鏡的東西，一邊認真地做筆記。他昨天也是這樣，到底是在做什麼呀？
我試著接近他。
「欸，你在做什麼？那是什麼？」

我好奇地開口詢問，男生抬起臉來。

「這個？這是天文望遠鏡。」

「天文望遠鏡？」

「嗯，我在觀星。」

「是喔……」

觀星啊……

雖然我只有在地球科學的課堂上稍微學過一些皮毛，但有點興趣。

那男生留意到我頻頻瞄過去的視線，像是看透了我的內心，開口說道：

「妳要看嗎？」

「咦？」

「星星。妳要不要來看看？很有趣喔。」

「可以嗎？」

「嗯，又沒差。」

我決定恭敬不如從命。

「但是現在還這麼亮，看得到星星嗎？」

「嗯——當然是沒辦法像晚上看到那麼多，但還是可以看到一些喔，妳看。」

「啊……」

我聽從他的話，將眼睛湊向小型鏡筒，朝裡頭窺視。

閃耀著淡白色光輝、新月形狀的星星，安穩地掛在仍微亮的天空中。

「那是金星。黃昏時的金星也稱為長庚星。」

「好厲害喔！咦？不過為什麼星星也會像月亮一樣有缺口呢？」

「金星和月亮都是靠反射太陽光來發亮。因此，我們雖然能看見有照到太陽的部分，但沒照到的地方就會是黑的，肉眼看不見。所以才會像月亮一樣看起來缺了一塊。」

「這樣呀……」

我從來沒聽過這件事。

我一直以為只有晚上才能看見星星，也從沒想過有些星星會像月亮一樣有陰晴圓缺。這世界上還有太多太多我不曉得的事情了。

「等天黑後可以看見更多星星喔。現在這個時候，應該可以找找看天琴座α吧。」

「啊，這個我知道，是織女星吧？」

「嗯，沒錯。這顆搞不好是全日本最有名的一顆星了，還有在希臘神話中，也算是比較知名的……」

「我記得是奧菲斯和歐利蒂絲對吧？」

「嗯，沒錯……咦？妳連這個也曉得嗎？」

男生詢問的表情看起來十分驚訝。

奧菲斯和歐利蒂絲的故事，是我在小學的閱讀課時，在圖書館看到的。一個描述主角追著死去的戀人探訪冥府的故事。在我看過的幾個神話故事當中，這是讓我印象最深刻的一個。

「我以前在書上看到的。這個故事雖然很殘酷、很哀傷，但非常美，所以我就記住了。」

「美……嗯，確實是呢，非常美。」

男生喃喃低語，同時抬頭看向天空。

那個神情非常純粹、透明，我不自覺看得有些入迷。

我們又聊了一會兒。男生似乎突然想起什麼說道：

「啊，我還沒自我介紹呢。我叫作桐原明良，妳呢？」

「啊，對耶，我是……」

我慌忙告訴他名字。

那男生露出溫煦的表情，微笑說：

「日向，妳好。」

「你好，桐原。」

遲了好幾拍，我們互相報上姓名。

此刻，天空中的天琴座α淡淡地發著光，像是在嘲笑粗心的我們一樣。

我好久沒帶著這種愉快的心情走在回家路上了。

內心輕飄飄地，就連路旁的街燈看起來都像聖誕燈飾般閃耀著美麗光輝。

「～～♪」

我無意識地哼著不成調的小曲，直到路人用奇怪的眼神盯著我看，才趕緊閉上嘴。天空中，剛剛我們一起仰望的星星依然淡淡地發出光芒，好像只要伸出手，就能將它握在掌心。我不自覺地朝天空高舉右手，果然還是摸不到。

好開心。

我回想著剛剛在公園的時光。

兩人聊的淨是些不著邊際的話題。星星呀、天氣呀、喜歡吃的東西之類的，還有就是他幫我撿回來的那個玩偶吧。真的淨是聊些沒什麼大不了的事。

但這是我第一次和一個幾乎可說是初次碰面的人講這麼多話。我明明不算是擅長社交的人，然而話就這樣一句接著一句從口中不斷溜出，根本停不下來，連我自己都相當驚訝。時間晚了不得不回家時，我甚至還暗自覺得可惜。

就是這麼一段令人雀躍的愉快時光。

只是很遺憾地，美好的時光總是無法長久。

沒多久我就快到家了，在玄關外頭都能聽見的爭執聲，朝我微小的幸福狠狠地澆了一大盆冷水。

爸媽又在吵架了。

這一年來大概都是這樣，我幾乎都要聽慣了。

他們兩個只要碰面，就是無止盡的抱怨和爭辯，一天到晚吵個沒完。

整天都能聽到他們相互斥責的話語，老實說已經令我非常厭煩。

「……就是因為你都這樣子……我實在是……所以……」

「……妳有完沒完……不要把錯都推到我頭上好不好……說到底根本就是妳……現在才會……」

我摀住耳朵，拒絕聆聽響徹客廳的對罵聲，快步跑上二樓。

爸媽整副心神都放在責怪對方上頭，根本沒發現我回家了。

我緊緊關上門，煩躁地抓起耳機粗魯地往頭上一套，蓋住雙耳。總算不用再聽到兩人的怒吼。

我的好心情都毀了。

那段閃亮而美好的珍貴時光，彷彿被褻瀆了一般。

我鑽進被窩，用毛毯蓋住頭。

回到獨自一人的世界，內心總算能稍稍平靜下來。

金星，好漂亮喔……

我細細回味仍舊留在腦海裡的金星殘影。

那美得不可方物的乳白色輪廓，像是要將我整個人吸進去一般。

我不禁想著，如果……

如果那時兩人沒有相遇，如果沒有弄掉玩偶，他就不會變成那樣了吧？

他就不會至今還困在七日的牢籠中，迷惑於幽靈的身影，而能像一個普通的大學生，享受平凡的校園生活吧？

我當然明白，事到如今想這種事根本沒有意義。

就像在夜空中閃耀的點點星光，都是在好久以前發出的光芒一般，已然逝去的時間無法挽回，已經發生的事情無法翻轉結果。

理智上我很清楚這一點……但內心始終無法乾脆放下。

周圍的人們老是說些像「這不是妳的錯」、「妳要連同救了自己的那孩子的份，努力活下去」、「那孩子一定也是這樣希望的」這類不負責任的發言。

這些事我都懂。

根本不需要別人來告訴我，我打從心裡明白。

可是我……我想要的，並不是這種結局。

2

從隔天起，放學後我便天天往公園報到。

上完課，和吉野她們閒聊幾句，我就會直接走去公園。因為我沒有參加社團，除了要去醫院的日子外，下課後都很閒。

他——桐原，總是在那兒。

「啊，午安啊，日向。」

「午安，今天在看什麼？」

「嗯，今天是木星。」

「木星也是白天就看得見的嗎？」

「看得見喔，雖然比金星難一點。要看看嗎？」

「要！」

一邊看星星一邊和他聊天，真的很開心。

桐原對星星和星座十分了解，會告訴我各種有趣的知識。

「星座總共有八十八個，而夏天可以看到其中的十六個。」

「是這樣嗎？」

「嗯。而且星星的顏色，代表了它們表面溫度的差異喔。順序由高到低分別是藍色、白色、黃色、橙色和紅色。不只這樣，星星的顏色也代表了它的年紀……」

「哦……」

「這座公園是我最近才發現的。雖然白天很熱鬧，但晚上很安靜，非常適合觀星。這一帶找不太到符合這種條件的地方，是很難得的絕佳地點呢。」

他的話總是饒富趣味，讓我聽得入迷。

我們也會聊彼此的事情。

「咦？日向妳跟我同年啊？我還以為妳比我大。」

「你這是什麼意思！是說我看起來很老嗎？」

「不、不是啦！那個，我是覺得妳看起來比較成熟。」

「哼——真的是這樣嗎？」

「真、真的啦！相信我。啊、對、對了，我下下個月就生日了。」

「咦？真的嗎？」

「嗯。八月十一日。聽說那天是『蘑菇之日』喔。」

「哦，是這樣啊……喂！你別想岔開話題蒙混過去！」

我還得知桐原現在高一，和我同年，讀的是湘南某所大學的附屬高中。此外，我們兩個人的鄉下老家都在山陰地區，而且還很近。

「咦？日向，那妳知道那座島嘍？有很多兔子的那座。」

「嗯，我知道喔。你是說兔島，對吧？」

「我小時候有去過，想拿飼料餵牠們的時候，整群兔子突然朝我衝過來，我還以為我會被吃掉咧……」

「哈哈，好像希區考克的電影《鳥》一樣喔。」

「從那之後我就有點怕兔子。從那圓滾滾的眼珠裡，好像可以隱約窺見埋藏在深處的猙獰性格……」

我們常常聊著這些瑣碎小事，就笑了起來。

桐原絕對稱不上健談，但只要和他在一起，不知為何我就會感到平靜，兩人即使不講話也不會覺得尷尬。

他認真觀察星星時，我就會在旁邊靜靜眺望著他忙碌的身影。公園一隅的大櫻花樹下，就是我的專屬位置。這段時間我們幾乎沒有對話，但光是這樣看著他，就讓我覺得莫名愉快，總是會不自覺忘了時間。

每天放學後到天色轉暗前的短暫時光。

不知不覺間，明明沒經過多久，在這裡度過的時光卻變得對我相當重要。

3

六月過了一半，梅雨季也總算到了尾聲。

那天我也和平常一樣待在公園。

桐原神情專注地看著天文望遠鏡，我望著他認真的身影，背靠在櫻花樹上，感受著樹皮粗糙的觸感。正當我沉浸在這份安穩的寧靜中時，身後突然傳來一聲呼喊。

「哥，媽說差不多該吃晚餐了，叫你趕快回去……咦？妳是？」

那位身材嬌小的女生，眼睛眨也不眨地直盯著我瞧。

從她的外貌和制服看來，應該還是國中生吧。栗色頭髮和小動物般圓滾滾的眼睛，讓她顯得十分討喜。

「葉月？」

「啊，哥，你在那裡喔。欸，這個人是誰？」

「啊，呃，她是日向，是我前陣子認識的朋友，最近常一起看星星……」

「哦──原來還是有人可以跟上哥你這個變態星星愛好者的腳步嗎？」

「妳也說得太難聽了吧……」

桐原伸手摸摸後腦，臉上浮現苦笑。

那個國中生似乎是桐原的妹妹，這麼說來，兩人身上的氣息確實頗為相似。

她又轉頭看向我，對我低頭行了個禮。

「妳好，我是桐原葉月，國中二年級。我這個不肖哥哥，受妳照顧了。」

「啊，沒有，我才是……」

她那與年齡不符的恭敬招呼，讓我忍不住跟著拘謹起來。現在的國中生都這麼有禮貌嗎？

「所以咧，葉月，妳來幹嘛？」

桐原稍微壓低聲音問，那個女生——葉月雙手扠腰，語氣逼人地說：

「我不是講過了，來叫你吃晚餐呀。今天是爸爸出差回來的日子，不是早就說好要大家一起吃晚餐了嗎？」

「啊，對耶。」

桐原像是突然想起有這件事，眨了眨眼。

從他望著我的表情看來，他根本將這件事忘得一乾二淨。

「啊，沒關係，我今天就先回去吧。」

我可沒有那麼不識好歹，想要打擾別人一家團聚。

我將包包背上肩頭，正打算離開時，葉月一臉詫異地側著頭說：

「嗯？為什麼？日向也一起來就好啦。」

「咦？」

「妳是我哥的朋友吧？那當然很歡迎妳來呀。嗯，應該說請妳來吧。」

「啊，這……」

對於這出乎意料的邀請，我不曉得該怎麼回應才好。

我轉頭看向桐原，他輕輕點頭。

「嗯，妳就來我們家一起吃晚餐吧。啊，當然，如果妳方便的話……」

根本沒什麼好選的。就算回家，也只有爸媽的咆嘯聲和早已冷掉的飯菜在等我，跟眼前誘人的邀請根本無法相比。

我毫不猶豫地點頭答應，果決的程度連我自己都嚇了一跳。

「好，那就決定了。日向，走吧。」

葉月拉起我的手就走。

桐原家位在距離公園徒步約五分鐘的地點。

坐落在安靜的住宅區中，是一棟兩層樓高的獨棟建築。整體以奶油色為基調，是讓人看了就有種安心放鬆感的家。

「來，請進。」

「啊，那個……打擾了。」

我心裡有點緊張，一腳踏入玄關。

屋內打理得十分整潔，總覺得透著一股和桐原相似的氣息。玄關的鞋櫃上擺著一個黑熊捕捉鮭魚的擺飾，牠用精悍的神情迎接到來的訪客。備好的訪客用拖鞋是熊貓臉的圖樣，稍稍舒緩了我內心的緊張。他們家喜歡動物嗎？

葉月率先脫掉鞋子，朝屋內大喊。

「我回來了。媽，今天有客人喔。」

「客人？」

「嗯，哥哥的女朋友。」

「！」

她的那句話讓家中氣氛頓時轉為一片嘩然。咦？等、等一下，葉月，妳剛剛說什麼……！

走廊深處立刻響起啪噠啪噠的腳步聲，一個穿著圍裙的女人旋即出現。

「明良，真的是你女朋友嗎？」

「不、不是啦，只是葉月隨便亂講的。日向是我朋友。」

「是這樣嗎？」

這時，那女人的視線轉向我。

我反射性地低頭行禮。

「啊、那、那個，您好，初次見面，不好意思打擾了。我是日向。有一次桐原同學撿到我掉的東西，所以我們才會認識……」

「哎呀，妳好，真有禮貌呢。我是明良他媽媽。欸，日向同學，歡迎妳來我們家，不用那麼拘謹沒關係。話說，妳要不要看明良小時候的照片？」

「等、等一下，媽，那種東西就免了……」

「你在說什麼呀？這種東西是基本好不好。」

什麼基本呀……桐原露出一臉沒轍的表情，像個困擾的小朋友，滑稽又可愛，我忍不住笑了出來。他看到我的反應，神情更是無奈，就帶著這副苦瓜臉領我往裡頭走去。

客廳裡擺了一張看起來非常舒適的沙發，上頭也有好幾個熊熊圖案的抱枕。從廚房飄來了烤魚的香味，令人垂涎三尺。

「日向妳坐那邊，馬上就可以開飯了。」

「啊，好的。」

我聽話地在鬆軟的沙發坐下。

桐原則在對面入座，同時嘆了一口氣。

「不好意思，情況變得有點奇怪。我們家該說是太開放嗎？就是有一點不正經……」

「才不會呢。我覺得你們家人的感情很好。」

我慌忙回答。

「真的嗎？」

「嗯，不曉得為什麼，跟你們講起話來就讓人覺得很放鬆。」

這是我的真心話。

他家人的態度確實意外地熱情又積極，但完全不會讓我覺得不快，或許是她們很擅長跟人拉近距離吧。

「欸欸，日向，飯煮好前我們一起來玩桌遊嘛。」

葉月說著就拉起我的手。

「啊，不好意思，這傢伙最近迷上桌遊……」

「……囉唆，哥你走開啦。」

「好好好。」

桐原遭到葉月的驅趕，只好走出客廳。一隻渾身雪白的貓咪與他交錯而過，悠悠哉哉地晃進來，跳上我的膝蓋。

「喵太也想跟日向一起玩嗎？」

「牠叫喵太啊？」

「嗯，沒錯，以前爸爸在鄉下撿來的，喵太，你說對不對？」

葉月說完後，喵太有如在回答她一般，「喵～」地叫了一聲，簡直就像是聽得懂她在說什麼似的。一定是隻聰明的貓咪吧。

「喵太，你好。」

「喵～」

就連我叫牠，牠也會回應。我覺得很開心，連著叫了牠好幾聲。

「日向，妳的聲音聽起來好舒服喔。」

葉月突然轉頭看著我這麼說。

「咦？會、會嗎？」

「嗯，聽了就讓人覺得心情平靜，喵太看起來也很舒服的樣子。這應該就是那個吧，日向，妳一定是有粉紅雜訊。」

「粉紅……？那是什麼？」

「嗯，這個嘛……」

按照葉月的說法，粉紅雜訊是人聲和大自然的聲響中所蘊含的一種波長，會讓聽到的人感到舒暢、放鬆。雖然我完全沒有自覺，但有人稱讚自己的聲音悅耳，內心還是有點開心。

「只要聽到妳的聲音，我哥就算身在一百公尺以外，也會立刻汪汪汪地朝妳飛奔過來吧。」

「拜託，妳少把別人講得像狗一樣。」

剛好端著麥茶回來的桐原，一臉不滿地出聲抗議。

「可是真的是這樣啊，你現在不就過來了。」

「我只是端茶過來好不好。來，日向。」

「啊，謝謝。」

我從桐原手上接過麥茶，滑過喉嚨的茶湯有些甘甜。啊啊，這就是桐原家的味道呀。

「不過葉月的話，我也能大概理解。只要聽到日向的聲音，就會有種精神為之一振的感覺。」

「咦？」

「嗯，是很好聽的聲音，我很喜歡。」

他用開朗的笑臉講出這句話。

唔，再次聽到別人讚美自己，我覺得很害羞。都是因為桐原他一臉認真地講這種話啦……

在這之後，桐原他爸爸也回來了，大家一起吃了晚餐。

我有點緊張地跟他爸爸打招呼，葉月又擅自說什麼「日向是哥的女朋友喔」，讓他爸爸驚訝地張大眼睛，最後我還跟桐原和喵太合照。時間轉眼就過去了。

桐原家……該怎麼說呢？好溫馨。

屋內總是笑聲不絕於耳，家人間的感情很好。如果空氣有顏色，這個家裡的空氣就是明亮的橙色吧。我們家早就失去的珍貴事物，可以在他們家找到。

「那我先回去了，今天真的很謝謝你們的招待。」

「不會啦，別客氣。以後再來玩喔。」

「我哥不在時也可以來喔，下次來玩幽靈棋吧？」

我再度朝著微笑送我離去的桐原家人低頭致意，便轉身走出玄關。

桐原很快地追上來。

「我送妳。」

「咦？可是……」

「好啦，讓我送妳吧。」

「……嗯，謝謝。」

我點頭，兩人並肩往前走。後頭傳來葉月的聲音「哥，你要乖乖送人家回去，不要亂來喔」，桐原聽了只回她一句「妳閉嘴」。

「不好意思，葉月她實在是有點沒大沒小。」

「不會呀，我很開心喔。」

「我是第一次看到葉月對初次見面的人這麼親近，說起來，她個性算是比較害羞的一型，像隻警戒心很強的貓咪。」

「葉月是個好孩子喔！」

「是這樣嗎？她常常跟我抱怨東抱怨西的，又總是不屑地笑我是變態星星愛好者……」

「那是因為她喜歡你呀。因為喜歡，所以才會一直來找你玩，這種心情很難懂嗎？」

「嗯……」

桐原還是一臉不太能釋懷的樣子。

不過，在那張仍無法接受這個說法的表情下，可以清楚地看見他對葉月的疼愛。

這家人的感情真的很好呢……

雖然才相處短短一個晚上，我已經能夠深深體會到這一點。無論發生什麼情況，家裡都洋溢著愉快的笑聲，所有人彼此信賴，他們家肯定有著深厚的羈絆吧。

這對我來說好耀眼，真的好令人羨慕……

「日、日向？」

「咦……？」

聽到桐原驚訝的聲音，我才發現自己臉頰上竟有一股熱流。

我無意識地流淚了。

「妳、妳怎麼了？我說錯了什麼話嗎？」

「不、不是，不是那樣。」

「可、可是……」

「……好溫暖……」

「咦？」

「只是因為你們家的人，都好溫暖，好體貼……」
那股暖流讓我感到不知所措。
實在太過溫暖了……我心中早已凍結的某處彷彿要融化似的。
那種溫暖，我們家過去一定也有吧，但現在卻……
「……我家爸媽的感情不太好。」
我抬頭望著天空，開口說道。
「原本不是這樣的，只是個隨處可見的普通家庭，就是爸爸、媽媽、妹妹和我，非常平凡，沒有任何特殊之處，可是、可是……每天都充滿歡笑，是一個和樂的家庭。那些不經意的日常生活，是我最喜歡的……」
到底是從何時起變成這樣的呢？
一開始想必只是些微小摩擦，因為忙碌和誤解而生的小爭執，就像是水杯底部產生的細小裂縫。但由於彼此視而不見、毫無作為地一天拖過一天，裂縫擴展成了一個洞，水開始會從那個洞滲出來。而漏出來的水，就再也回不去了。接著，逐漸惡化的情況又持續地將事情推往負面方向發展。
家人間的羈絆。我們家確實也曾經擁有過，可是現在已經消失了。雖然還感受得到一些痕跡，但已遙遠地像是無法觸及的夢想，就像是在頭頂上閃耀的星星一般。

「桐原，我遇見你之後，對星星產生了興趣，我現在有點明白其中原因了。我一定是覺得很嚮往吧。把那些無法觸及的光亮和家人的身影重疊了。」

「日向……」

桐原沉默地聆聽我的話。

不附和也不加以否定，有時適切地應聲，他就只是安靜地傾聽我的每一句話。我真的很感謝他的這份體貼。

「謝謝你聽我說。」

「不用客氣。」

桐原溫柔地搖搖頭。

「只要妳願意，我隨時都可以聽妳說喔。雖然我能做的，真的就只有聽而已，可能沒辦法給妳什麼太大的幫助……」

他露出有些不好意思的表情說道。

「……才不會呢。」

「咦？」

「是很大的幫助喔。我真的很感謝你願意聽我講話。謝謝你，待在我身旁……」

「日向……」

桐原不明白，他光是靜靜地待在我身邊，聽我傾訴，對我來說就是無比的救贖了。

一定是因為桐原這麼溫柔，我才會老是不自覺地依賴他吧。

後來，我幾乎每天都跑去那座公園。

除了要去醫院的日子以外，我應該是真的天天都去，一天都沒有缺席。和他一起待在那裡的時光實在太開心太舒服了，深深吸引著我。

有一天在學校時，吉野突然問我：

「日向，妳最近看起來很開心耶。」

「咦，有嗎？」

「難道妳有喜歡的人了嗎？」

「咦？」

她的話讓我心頭一震。

最先浮現在腦海裡的是桐原的臉，不過我對他應該不是戀愛的喜歡才對。雖然跟他在一起會感到心情平靜，聊天時總是很愉快，碰面的時光珍貴地無法取代，但我頂多只是把他當成朋友吧，嗯。

我像是想忽視內心的動搖一般，趕緊慌張回答。

「才、才沒有咧。我對桐原才不是那樣……」

「這樣嗎？啊，不過妳倒是沒有否定有在跟男生約會嘛～」

她半開玩笑地揶揄我。嗚，吉野意外地還蠻壞心的。

「好啦好啦。妳最近都不太跟我出去，害我有點傷心……不過既然事情是這樣，我就原諒妳。」

「吉野……」

「沒關係啦。但要是進展順利，妳一定要告訴我喔。」

「我、我就說了我們不是那種……」

吉野完全不聽我辯解，逕自笑著離去。

我望著她的背影苦笑，嘆了一口氣。呼，我沒想到吉野原來個性這麼強勢。

話說回來，她的話本身倒是正中紅心。

我心情很好，是無庸置疑的事實。

自從認識桐原以後，每天都像是有一層溫暖的糯米紙包裹著我一般。僅僅是在公園隨意閒聊，就能讓我忘卻家裡的煩憂和那些不得不面對的問題。儘管我不知道這到底是不是像吉野所說的那種「喜歡」，但我確實因此感到內心平靜。

我希望這樣的日子能夠一直持續下去。

但是情況正緩慢而確實地往不好的方向發展。

爸媽的爭吵一天比一天激烈，去醫院的頻率也增加了，在半夜或上課時接到電話的次數持續攀升。每次都是爸媽其中一人過去，之後他們又會起衝突。簡直就像水庫一樣，只要有一個地方崩塌，其他地方也會連帶受到影響，接二連三地崩毀。

我對此無能為力，沒辦法改變任何事。

只能假裝沒有看見眼前令人心煩的景象，縮在被窩裡，緊緊摀著耳朵。這個行為並不是對爸媽無言的抗議，只是想逃避無情的現實吧。

所以最終會迎向這種結局，或許也是無可避免的事。

幾天後。

爸媽表情凝重地叫我過去，告訴我……他們決定要離婚了。

4

聽到爸媽要離婚，我的感想只有「啊啊，真是太無趣了」。

太過簡單了，反而一時之間沒有什麼感覺。

我之前就常常想，總有一天會走到這一步吧。然而，一旦化做眼前的現實，簡直像是別人家的事情。總覺得我彷彿聽著某個遙遠國度的故事，毫無現實感，有如在作夢一般。

雖然已經傍晚了，空氣仍十分潮濕悶熱，熱氣彷彿黏附在皮膚表層，讓人心浮氣躁。但就連這種揮之不去的煩躁，都好像不是自己的感受似的。甚至連看慣的公園，都像是第一次造訪的地方。

「……日向……」

「……」

「……日向？」

「……咦？」

桐原叫喚的聲音，讓我回過神來。

我循著聲音的方向抬起頭，他一臉擔心地望著我。

「日向，妳怎麼了？總覺得妳今天怪怪的耶，一直發呆，整個人魂不守舍似的。」

「魂不守舍……」

這樣呀……原來從別人的眼裡看來，自己現在是這副模樣。

不過或許真是如此，現在的我，已經什麼都沒有了，只是個空殼。

我轉向桐原，開口說道：

「是說，我爸媽決定要離婚了。」

「咦……？」

將這件事說出口，比我原先想得更為容易。

「我上次不是有說過他們兩個感情不好嗎？現在好像終於撐不下去了。昨天晚上他們找我講這件事。說他們已經沒辦法再一起生活了，問我打算怎麼辦……」

「……」

「我根本不能怎麼辦吧。爸爸和媽媽都已經決定了，我還能說什麼呢？嗯——不過他們離婚的話，我跟妹妹也會被迫分開嗎？這點我就比較抗拒了，但也是沒辦法的事呀，只能當作碰上意外或天災，放棄掙扎了吧，啊哈哈哈。」

我盡量以輕鬆的語氣說出這些話。雖然口乾舌燥得要命，但我應該是笑著說完的。

我不想讓在這座公園度過的時光沾上不好的回憶。我希望所有待在這裡的記憶都是美好而開心的。這個念頭拉住我，讓我沒辦法傾瀉負面的情緒。

桐原安靜地聽著我說。

他直直地凝視著我的眼睛。我從他的表情看不出來他現在在想些什麼。

但過沒多久，他突然輕輕點了個頭，接著開口說道：

「日向——」

「嗯？」

「我現在想帶妳去一個地方，可以嗎？」

他說的雖然是疑問句，但幾乎只是單方面的告知。

不等我答覆，桐原就逕自抓起我的手。

「啊……」

「走吧。」

他說完便跨出步伐。

我只能愣愣地眨著眼睛，乖乖跟他走。

他說想去一個地方，我還以為就在附近，沒想到卻不是這麼一回事。桐原的目的地要先搭三十分鐘的電車，再從那裡轉乘巴士坐個二十分鐘，幾乎可說是一場小旅行的距離了。

等我注意到時，太陽已經下山了，周圍一片漆黑。

「欸，桐原，我們要去哪裡？」

「……」

「現在天色已經很暗了耶，也看不太清楚路在哪……」

「別擔心，快到了。」

「喔，嗯……」

他拉著我的手不停向前走，天色十分昏暗，看不太清楚四周的景色，不過偶爾能感受到草叢傳來的氣味，至少知道我們是在樹林中。路面是有坡度的，所以我們應該是在山上吧？我伸手拭去額頭上滲出的汗水，一邊留意著腳下無法清楚辨認的道路，一邊繼續往前走。

桐原到底打算去哪裡呢？

我當然相信他不會帶我去危險的地方，會來這裡一定有他的目的。只是周遭傳來森林幽深的氣息，讓我有些不安。這是理性無法控制，出於本能的擔憂。

我們已經走了多久呢？

就在我開始覺得雙腿僵硬時——

眼前突然一片開闊。

至今籠罩視野的樹木剪影一口氣消失殆盡，出現在眼前的是藍白色的廣闊夜幕。

那上面有的是——

「啊……」

我忍不住驚呼。

一個字都說不出來，只有驚呼和呼吸聲干擾了這份寧靜。

——像打翻水桶似地傾瀉而出的無盡光點，就在我的眼前。

星空美得像是一幅畫。光芒甚至照亮我的腳邊，模糊了天與地的界線，我分不清天空和地面的交界。而我就佇立在降臨到地面的星空之中。

「這裡是……」

「我很喜歡的一個地方，在大晴山的見晴台附近，是不為人知的景點。也是這附近能看到最多星星的祕密場所。」

「大晴山的……」

「妳看，可以看到銀河。雖然時間還有點早，但織女和牛郎星也出來了。」

其他言語都顯得多餘。

包覆住這一帶的光之帷幕那鮮明濃烈的燦爛光輝，完全震攝了我，我連動都無法動一下。那道將天空劃分為兩半的寬幅光柱，應該就是銀河吧？在它兩側可以看見互相輝映吸引的兩顆星，正清晰地閃耀著。

「妳可以哭，沒關係的。」

「咦……？」

桐原突然這麼說。

「難過的時候就哭呀。這裡沒有別人在，除了星光之外又沒有其他光線，就算妳哭了，也不會有人看到的。」

「啊……」

他發現了。

我因為不希望他擔心，所以刻意裝做若無其事的模樣，狠狠地將真正的感受壓抑在心底。我那拙劣的逞強，完全瞞不過他的眼睛。

儘管如此我還是不想哭。我不能因為桐原體貼就老是依賴他，這樣實在太丟人了。可是……

「嗚……」

等我發現時，眼淚早已從眼睛深處滿溢而出，完全無法遏止。就像壞掉的水龍頭，滾燙的液體不停流出。我從來不曉得，原來自己這麼愛哭。

「……你、你、太奸詐了……怎麼這樣……」

我抽抽搭搭地哭個不停，桐原輕輕地撫著我的背。從他的掌心傳來一股暖意。

「而且……星星，是抓得到的。」

「……咦？」

他像在耳語般地輕聲說道。

「日向，妳曾經說過吧？說星星是無法觸及的存在。但這裡的星空呢？妳不覺得只要伸出手，就真的能夠抓住星星嗎？看起來完全不像無法觸及的存在呀。」

「嗯……」

正如桐原所言。

這裡距離天空真的很近。就算實際上抓不到，也會讓人覺得只要再將手伸長一點，說不定就能將閃耀的星光握在手中了吧？

「不，不只是覺得而已。只要肯向前踏出一步，伸出手，一定就能抓到星星，就像這樣。」

「咦？」

桐原說完，伸出手臂就像要撈起什麼似的往星空一揮，突然間，一道流星閃過。

接著，他慢慢地張開握緊的拳頭……那隻手裡，有一副星星形狀的耳環。

「妳看，抓到了。」

「啊……」

「怎麼樣？只要稍微轉換想法，或許星星意外地容易抓到喔。」

他露出溫和的微笑，將耳環遞給我。

在那隻手裡閃耀的流星，對我而言就像真正的星星一般，不，比真正的星星更加地絢爛晶燦。

「啊、那個，這樣是不是太老套了……？」

可能是因為我一直沉默不語，他以為我是傻眼到說不出話，桐原有些發窘地這樣問。

我搖了搖頭。

「不，沒這回事。桐原，謝謝你……」

「日向……」

「我真的……真的……很高興喔……」

我緊緊握著桐原給我的那顆閃亮星星，察覺到內心有某種情感開始成形。

啊啊，我終於明白了。

原來我喜歡他。

「我……會試試看。」

「咦？」

等我回過神，我已經說出了這句話。

「星星真的已經是完全無法觸及的存在了嗎？是抓不到的東西嗎？我想要試著確認看看。」

我擅自認定星星是無法觸及的存在，一開始就放棄希望，只是抬頭凝望著，卻什麼也沒有做。

或許我錯了。

就像桐原示範給我看的那樣，轉個念頭，換個視角，就能讓星星在手心中靜靜閃耀。至少，在實際努力嘗試之前就放棄一切可能性的我，沒有資格說星星是無法觸及的存在。

「日向……嗯，也是呢，我覺得這樣很好。」

桐原溫柔地點點頭。

那沉穩的微笑力量大過一切，是能夠推著我前進的原動力。

「那個，等我嘗試過後……我有件事想跟你說，可以嗎？」

「跟我說嗎？嗯，好呀，什麼事我都會聽喔。」

「真的嗎？」

「嗯，我保證。」

桐原用力地朝我點頭後，我們打勾勾約定。

藍紫色的夜空中，又有一顆流星劃過。

那天晚上回家後，我將自己的心情毫無保留地全都告訴了爸媽。

我討厭他們兩個總是在吵架，我覺得很孤單，我不希望他們離婚。我將長久以來一直深埋心底的感受和想法全部傾吐而出。講著講著我忍不住哭了，爸媽露出極為不知所措的神情，但依舊非常認真地聽我說。我能像這樣說出自己的內心話，都是因為桐原的鼓勵吧。我終於明白，只要伸出手，就連星星都能握在手裡。

結果……爸媽決定先暫緩離婚一事。

對他們來說，情況會惡化至此，似乎也有部分原因是兩人總忍不住反唇相譏，越吵越凶，吵到最後找不到臺階可下。他們握緊我的手，很誠懇地一直跟我說對不起。或許他們也一直在尋找能重修舊好的契機吧。

「對不起，我沒想到妳居然這麼煩惱。我們都只有想到自己，我真是不配當爸爸……」

「真的對不起。也算為了一夏，明明現在正是我們全家必須團結合作的時候，我們兩個卻……」

爸媽向我低頭道歉。

我不知道以此為契機後，爸媽的感情究竟會往哪個方向發展。兩人間原有的羈絆或許能夠再重新接上線，也有可能終將沒有任何改善，最後還是選擇離婚。

不過，現在至少向前邁進了一步。

5

我喜歡夏夜的氣息。

覆蓋住一切的黑夜不知為何讓人覺得很柔軟，時間彷彿慢了下來，緩緩地流動著。原本有些黏答答的潮濕空氣，到了晚上反而感覺像舒適的晚風。在一片靜謐中響起的蟲鳴蛙叫，聽起來也宛如悅耳的背景音樂。

這樣美好的夜晚，最適合散步了。

我走在平常通往公園的路上，半途決定繞點遠路，思考一下待會要告訴桐原的話該怎麼講。雖然已經決定好內容了，但是該怎麼說出口，又是另外一個問題。

我想得很專心，不知不覺一下就走到了公園。

在公園的正中央，桐原一如往常，正專注地從望遠鏡窺視天空。

他注意到我來了，向我朝手。

「妳今天比較晚一點耶。」

「嗯，因為我先跟爸媽吃過飯了。」

「這樣呀。」

「是呀。」

我有跟桐原說過爸媽沒有要離婚了，他聽到時真心替我感到高興，露出一貫的平穩笑容說：「這樣呀，太好了。嗯，真的是太好了呢。」

「你在看什麼？」

「嗯……今天會看銀河、織女星和牛郎星吧。七夕快到了，我想說這幾天都來好好看看它們。」

「這樣呀。」

對話停在這裡，兩人不知不覺又陷入沉默。

這份靜默在耳中劇烈迴盪。

風吹動樹葉發出沙沙聲，街燈規律運轉的低鳴聲……平常我根本不會注意到的這些聲響，突然變得鮮明無比。

「……欸，桐原。」

我在腦中仔細回想，走到這裡的路上反覆思考了無數遍的那些話，下定決心開口。

「嗯？」

「那個，之前我不是說有事想跟你說，你記得嗎？」

「啊，嗯，當然。我們約好了呀。」

他將望遠鏡從眼前挪開，走到我身旁。

「所以妳想跟我說什麼？」

「那、那個……」

「嗯。」

我頓時覺得口乾舌燥。

心臟彷彿要爆炸似地，劇烈地跳動著，雙頰一陣火熱，簡直有些頭暈目眩，呼吸困難。啊啊，振作一點啊，我的身體！

在缺氧昏倒之前，我鼓起全身勇氣開口：

「我，對你……」

「咦……？」

「那、那個，我喜——」

我說出了那句話。

桐原最初整個傻愣在原地，接著臉頰像是煮熟的螃蟹一樣通紅，不過最後他露出無比認真的神情對我點頭，聲音快要破音似地緊張說道：

「那、那個，我很樂意……」

「啊……」

「但、但是，對象是我，真的好嗎……？」

「不對喔。」

「咦？」

「不是對象是你好不好，而是對象是你才好……」

「這、這樣啊……」

桐原再度泛起滿面紅潮。

「那、那個……那今後就麻煩你多多指教了。」

「啊、我、我才是，要麻煩妳了。」

兩人站在公園正中央，頻頻朝著對方低頭行禮。

「……我們這樣，好像有點好笑。」

「真的，哈哈哈。」

「呵呵。」

兩人不約而同地笑了出來。雖然這樣的收尾好像有點不乾脆……嗯，不過與其用奇怪拘謹的方式收尾，這樣應該更適合我們。

夜裡的公園，有好一會兒都迴盪著我們的笑聲。

這個狀態持續了大約一分鐘，桐原開口說：

「對了，下禮拜開始我們社團有很多工作要做，妳要不要也過來玩？」

「咦？」

社團？

「嗯。雖然是附屬大學的社團，但我認識裡頭的成員，所以他們破例讓我參加，叫做

『天文同好會』。」

「這樣啊？」

「最近大學要舉辦叫作『七夕祭』的學園祭，我們社團似乎打算要做手製星象儀。因為人手好像不太夠，如果日向妳有空的話，要不要也一起來做做看？」

「哇，聽起來很好玩。」

「是吧？我就覺得妳應該會這樣說。」

桐原露出如同孩子般天真無邪的微笑。

當然我對親手製作星象儀很有興趣，但更重要的是，桐原主動邀我這點讓我很開心。

「不過天氣預報說今年七夕那天會下雨，實在有點可惜呀，搞不好看不到天上的織女星和牛郎星。」

桐原有些喪氣地說。

這樣呀，會下雨喔……

我突然想起之前妹妹告訴我的話。

「聽說在七夕當天下的雨，叫作『灑淚雨』喔。」

「『灑淚雨』？」

「嗯，我也是前陣子才聽說的。」

據說其中蘊含了兩種涵義，見不到彼此而落下的悲傷眼淚，以及相會後又不得不分別的惜別淚水。

「這樣呀，好美的稱呼喔。」

桐原笑著說。

「是說，會用各種不同的詞彙描述下雨的，應該只有日文吧。」

「是嗎？」

「嗯，這也表示日本實在很常下雨吧？不過就算當天下雨，只要能和日向一起度過，肯定會是個美好的七夕。好期待那天喔。」

桐原這麼說，同時輕輕地握住我的手。

我有些不知所措，但還是回握住他。

他的手比我原本以為的還要大，而且非常溫暖。

感受著手心傳來的溫度，我同時在腦中想著「得把進展跟吉野說呢」這種有點沒情調的事。

今後一定也會發生各種事情吧。

和桐原一起度過的，第一個「獨一無二的夏天」。

不過，無論遇到什麼情況，我們兩人一定都能齊心走過。

畢竟，讓我明白只要伸出手就能抓住星星的人，可是好好地待在身旁陪著我呢。

夜空裡，織女和牛郎正隔著銀河遙望彼此，靜靜地散發光芒。

Diary2

日記②

六月四日

今天從醫院回來的路上，認識了一個男生。

是一個在公園裡觀星的男生，叫作桐原。他好像就住在這附近，我們不小心就聊了很久，而且還聊得很開心。

六月五日

今天我也去了公園。

和桐原講了好多話。和他講話果然很開心。不過他居然以為我比他大，我是看起來很老嗎？哼哼。

六月十七日

今天我在桐原家吃了晚飯。

親切溫柔的爸媽，可愛的葉月，還有不怕人的喵太，是非常溫馨美滿的一家人。

不過，回家的路上我哭了，嚇了桐原一大跳。我好像總是讓桐原看見我很沒用的一面。

六月二十四日

我抓住星星了。

正確來說，是桐原幫我抓到的。

原來只要伸出手，就能抓住星星呀。

六月二十八日

我和桐原……開始交往了。我告白之後，桐原他滿臉通紅地點頭。真可愛。我們要開始叫對方的名字了，從明天起就不是叫他桐原，而要叫明良。啊啊，好像有點害羞耶。

六月二十九日

我告訴吉野和明良開始交往的事。她狠狠地揶揄了我一番，不過最後高興地像是自己的事情一樣。

我跟她說明良下下個月就生日後，她告訴我一件很有趣的事——「寄給未來的信」，聽說可以寄信給好幾年後的自己或其他人，而且不光是這樣，她還跟我講了一個關於星星的厲害服務。嗯，我對這個可能有點興趣喔。

六月三十日

下禮拜去大學玩時，會一起去明良的社團露個臉。

明良早上好像都爬不起來，看來我得去叫他起床。因為不管怎麼說，我可是明良的「女朋友」呀！

Insert Chapter

特別章

灑淚雨

「七夕祭」剛落幕，我一個人在等他。

今天發生了好多事情，我在社團展示間的櫃台幫忙招呼客人，還逛了好多攤位，看了煙火。最後，晚上就如同天氣預報所說的下起雨來，雖然這點有些美中不足，但今天還是充滿美好回憶的一天。

還好似乎只是陣雨，現在頭頂上鮮明清晰的星空又探出頭來。

我跟明良約在拱廊的盡頭。

我漫不經心地看著通過眼前的人潮和車燈，等待著他。

時間已經到了，但他還沒有出現。剛才他有發訊息說會晚一點到，我恰巧也有點事去了一趟那座公園，時間上說不定正好。而且我很喜歡等待著某個人的時光。凝望著路人和街景，在腦中描繪各種想像，一點都不會無聊。

超過約好的時間大概十分鐘左右時，他終於來了。

我看到他站在馬路對面，神色有些著急，朝著這邊揮手。

我不自覺地綻放笑容。

我也向他揮手，他臉上浮現笑意，往我小跑步跑過來。那張溫和的笑臉，一向是我最喜歡的。就在我們之間的距離縮短到十公尺左右時，他的表情突然起了變化。怎麼了？

他在大叫些什麼。

直到最後，我都沒聽清楚他在叫些什麼。那既像是「危險！」又像是「快跑！」

他為了從某件事情中保護我，整個人朝我飛撲過來。

下一秒，我遭到劇烈的撞擊，全身像是要散掉一般。

我搞不清楚發生了什麼事，眼前一片黑暗，全身重如鉛塊，完全無法動彈。無止盡的黑暗中，只有心臟鼓動的聲音清晰地迴盪著，四周人群的話語聽起來非常遙遠，只能依稀辨別似乎在喊著「撞到人了！」「沒事吧？」

他臉朝下，倒在我身旁。

我向他伸出手。

他距離我僅有三十公分，就這樣倒臥在地，一動也不動。

在我逐漸模糊的意識中，只有他頭部汩汩流出鮮血的畫面，宛如惡夢般占滿了我的視野。

那是一場車禍。

似乎是一台失控的車子，在不斷左右蛇行之後，衝上了人行道。後來我才聽說駕駛因為生病，在意外發生時已經失去意識，並且當場身亡了。

那天晚上一片混亂，說真的我記不得事情經過。等我回過神來，已經躺在手術台上面了，模模糊糊之中看到的雪白天花板，就是我僅存的最後一絲記憶。

但是，那場車禍毫無疑問地改變了我們的命運。

他——明良，受了重傷。

雖然勉強撿回一條命，卻必須住院半年，而且不光只是這樣，他還留下了嚴重的後遺症。

順行性遺忘症。

醫生口中說出的診斷名稱，對我們來說是無法忘記的詞彙。

這是失憶症的一種，患者沒有辦法保有超過一個禮拜以上的記憶，似乎就連車禍前後的記憶，也因此變得模糊不清。醫生說比起外在傷害，精神因素才是更主要的原因，他似乎特別難以回想起關於「女朋友」的事情。這個疾病就如同詛咒一樣，往後都將如影隨形地跟著我們。

這五年，彷彿就像一座沒有出口的迷宮。

說不定有一天他會想起來。我懷抱著這份希望，不斷重演剛開始交往、以「女友身分」度過的那一個禮拜。我重複了四次那段無比幸福的夏日時光，好幾次朝他宣告「我是明良的『女朋友』」。不過最後總是落得相同的結局——在「七夕祭」結束之後，他就會將一切忘得一乾二淨，全部歸零。

倒映在他眼中的身影，既像是我，又不是我。

他只是透過我望著五年前的那個「女朋友」。那是已經消逝的夏日幻影，是幽靈。而且無論過了多久，幽靈永遠都只能存在於過去，即使伸長了手，也絕對無法抓住。和在夜空中閃耀的星星不同。

——想要往前邁進，追尋幽靈的幻影是行不通的。

我花了四年，才終於領悟到這件事情。

度過了四次相同的夏天後，我終於產生了新的想法。

我伸手輕輕撫摸著那條在胸前閃閃發光的項鍊。

這是他第一次送我禮物，至今的夏天中，不曾發生過相同的事情。

他買了這條項鍊給我，還親口說我是他的「女朋友」。除了那對耳環，他又替我抓住了新的星星。

雖然變化幅度非常微小，但事情確實在改變。

所以，我也想鼓起勇氣踏出嶄新的一步。

我想要從監禁著我們的夏日牢籠中，向外踏出一步。

不再只是重複過著那七天，而是朝著第八天邁出第一步。

Chapter3

第三章

Ευχαριστώ（：謝謝）

0

叮咚。門鈴響了。

這麼早會是誰呀？

我停下用餐的手，從餐桌旁起身，納悶地走向玄關開門，門外站著一個女孩子。

相當漂亮的女孩子。

飄逸秀髮彷彿散發著特殊的光輝，在肩膀上柔美地緩緩擺盪。纖長的睫毛和大而有神、眼角微微下垂的雙眼，嘴唇是粉嫩的櫻花色，每個部位都令人印象深刻。走在路上，每個男人都會忍不住回頭多看一眼吧。耳垂上閃閃發光的星形耳環也相當適合她。就算說她是模特兒或藝人，我想也不會有人懷疑。

「那個……」

但我從來沒有見過那張秀美的臉龐。

我小心翼翼地問道：

「請問妳是哪位？是我妹妹的朋友嗎……？」
那女孩靜靜地搖頭。
接著，她直直望向我的眼睛，以做好覺悟的堅決神情這麼說道：
「……不，不是。我是……日向一夏。明良，我是你的『女朋友』。」
「咦……？」
她的話讓我驚訝地眨了眨眼，因為我根本沒有女朋友，就連曖昧對象都沒有。
但不知怎的，我覺得以前好像也曾有過相同的對話。
那不可思議的既視感令我感到困惑，這時爸媽和妹妹似乎是聽到聲音，也來到門口。
「一夏……？」
「葉月，早安。」
「咦？為什麼……？明明已經過了一個禮拜……」
妹妹的話令那女孩垂下視線。
「……嗯，沒錯，妳說的對。原本一切應該到昨天就要結束了。到明年夏天之前，我應該都不會再出現在明良面前……」
「……」

「對不起……可是我認為，這樣下去一切都不會有所改變。光是重演往日時光，是無法往前走的，所以我想要試著再向前踏出一步……」

那個女孩子抬起臉。

「至今我都覺得這是無可奈何的事而放棄了，我以為自己能做的，就只有不斷重複那段夏日時光而已。可是我終於發現或許事實並非如此，如果我們能再多相處一些時光，說不定會出現什麼轉機。就算沒有出現顯著的變化，搞不好還是能讓情況往好的方向發展。所以我想要繼續待在他身邊，幫助他。」

我完全聽不懂那個女生在說些什麼。

但爸媽和妹妹似乎是聽懂了，三人面面相覷，表情十分複雜。

過沒多久，妹妹率先開口：

「……我贊成。」

她的語氣很沉穩。

「嗯，不只是贊成，我很高興一夏能做出這個決定。老實說我一直都覺得，你們兩個只有夏天的一個禮拜可以在一起這件事很奇怪，我想可能是因為之前妳有很多顧忌吧……但是，一夏，妳已經在我哥身邊陪伴他、支持他四年了喔。就算沒有來找他的時候，也幾乎天天都會發訊息關心他過得好不好……如果我哥還有機會痊癒，我認為只能仰賴妳了，所以……」

這時，妹妹突然停頓。

她兩手在身體前方併攏，深深地鞠躬。

「所以……麻煩妳了。一夏，請妳待在我哥的身邊。」

「葉月……」

「我們也贊成。一夏，明良就拜託妳了。」

「麻煩妳了，一夏。」

爸媽也同時朝著她低頭致意。

那女孩——好像叫作一夏——見到這一幕，用力地點了點頭，然後用她那清澈的雙眼直直地望著我，開口說道：

「那就讓我再自我介紹一次。初次見面，你好，我是日向一夏，今年十九歲。是明良你的『女朋友』。請多多指教喔。」

1

午後的校園顯得十分悠閒。

四周樹木林立，蟬鳴響亮吵雜，相較下路上卻沒多少人，搞不好蟬的數量比人類還多。視線所及內，為數不多的人們紛紛在四處整理東西，是不是剛舉辦過什麼活動呀？

今天也好熱。炙烈陽光簡直就像陣陣光波，毫不留情地燒灼皮膚。只有徐徐吹拂的微風是唯一的救贖，隨風飄盪的綠葉氣味鑽進鼻子。

我和「她」並肩走著。

自稱是我「女朋友」的那個女孩彷彿很習慣這麼做，自然地微笑著走在我身旁。

關於她的事情，妹妹和爸媽的說法是：

「你就不用想太多了啦。哥，你在這種事情上根本就和獨角仙一樣遲鈍。而且有一個這麼可愛的女朋友，怎麼說都是你賺到呀。」

「對呀，你對一夏是哪裡不滿？她條件這麼好，配你還可惜了呢。」

「身為一個男人，不管遇到什麼狀況，你都得沉穩大方地應對才行。」

他們只會一邊說著這種話一邊不斷點頭。就算再隨便也該有個限度吧。

我想是因為那名女孩真的很漂亮。

她不只是漂亮，也沒有美女常會有的那種拒人於千里之外的氛圍。該怎麼描述呢？她散發出來的氣息非常柔和，如果這女孩真是我的女朋友，平心而論，真的是偷笑都來不及。不過老實說，今天一個完全沒印象的人自稱是我的女朋友，我只覺得一頭霧水。

然而妹妹和爸媽都承認她的存在。從這一點來看，至少他們三個都認識她嘍？那她應該不是太需要戒備的對象，應該啦。

我一邊暗自思考這些問題，一邊走在人煙稀少的校園中，突然有人從身後叫住我。

「明良，早安。」

跟我打招呼的人是喜多嶋。我跟她從高中就認識了，現在也參加同一個社團。

「原來你有來學校，今天好像只有要善後而已，沒有課吧……咦？」

她說到一半突然打住。

「日向……？」

「早安，喜多嶋。」

她——一夏，對著面露詫異的喜多嶋輕聲打招呼，看來喜多嶋也認識她。

「咦？為什麼……？」

喜多嶋的語氣像是在大白天撞見幽靈一樣。一夏聽了，語調清晰地說：

「我決定要試著往前踏出一步。」

「往前……？」

「嗯。只要是我能做到的，不管多麼微小的事情，我都想要試試看。」

「這樣……呀……」

喜多嶋的神情非常難以形容，像是正努力理解著什麼，也像是感到迷惘困惑，臉上各種情感交雜著，表情十分複雜。

過了片刻，她輕輕地點頭，望向一夏的臉。

「……好，我明白了。我會幫妳，我想祐輔他們一定也會支持妳的。」

「喜多嶋……謝謝妳。」

「不用客氣。明良對我來說……也是重要的社團好夥伴呀。」

喜多嶋說出「社團好夥伴」這幾個字時，似乎顯得有些遲疑。確實，喜多嶋和祐輔跟我都是從高中就認識的朋友，光用社團好夥伴這幾個字帶過，的確是少了點什麼。為什麼她刻意選擇了這個說法呢？

「那我就先走嘍。我也想先告訴祐輔他們妳的決定。」

「嗯，謝謝。」

「那改天見，明良也是。」

喜多嶋說完轉身離去，突然又停下腳步。

「……那個，日向。」

「嗯？」

「……我……那個……」

她好像想說些什麼，微微扯動著嘴唇，不過又立刻甩甩頭。

「……不，沒事。不好意思喔。」

喜多嶋看起來不太有精神，輕輕地嘆了一口氣之後就離開了。她很少會這樣欲言又止、不乾不脆的。

目送她離去的身影，一夏開口說道：

「是說——雖然到學校來了，但今天好像放假耶。」

「啊，嗯。」

「那我們繼續待在這裡也沒事做……啊，對了。」

「？」

一夏從下方望向側頭等她說下去的我，露出一個想到絕佳提議的得意神情說道：

「欸，明良。」

「嗯？」

「——那我們去約會吧？」

「要不要去看電影？」

她一口就否決了我的提議。

「不行，我們不去看電影。不管是科幻片、恐怖片或愛情片都不看。我們也不能去跑腿採購，也不去吃冰淇淋。因為這些我們都已經做過了。」

她到底是在說我們做過些什麼了？

不過由於她的語氣十分堅決，我也沒辦法再有什麼意見。

想了半天，最後我們決定去遊樂園。

那間遊樂園從學校最近的車站搭電車過去大約要四十分鐘，在這一帶還算是有名。住在附近的小孩肯定都至少去過一次，我讀小學時也去過幾次。

「一點都沒變……」

我不禁脫口而出。雖然各處似乎還是有翻新過的痕跡，但整體的氣氛跟以前完全一模一樣。

「明良，你以前有來過嗎？」

她偏頭好奇地問。

「嗯，小學時來過幾次。」

「這樣呀，那就麻煩你帶路嘍！」

她露出純真的笑容，伸手勾住我的手臂。

說是這樣說，但我上一次到這裡來已經是十幾年前的事了，我實在沒把握能好好帶路，但顯然這個擔心是多餘的。人的記憶真是不可思議，身體自然地記得園區內的配置，當然不是記得非常清楚，只是大概知道前面轉彎應該就是旋轉木馬，那邊好像有商店這樣，不過光是這些資訊就很有幫助了。

「那我們要先去哪呢？」

「嗯——這個嘛，一開始先來點比較溫和的好了。」

「溫和的嗎？」

「譬如說，那個怎樣？」

「嗯……咦？」

她剛剛明明說要找溫和一點的，結果選的居然是園內兩座雲霄飛車之一。是啦，比起另外一座木造雲霄飛車，這個確實是比較溫和。

不過她會選擇刺激的雲霄飛車這點，倒是蠻符合我對她的印象。

雖然她是個美女，舉止也都很女性化，但感覺起來並非文靜乖巧的類型。

事實上，比起旋轉木馬或咖啡杯，她似乎更喜歡滑水道或自由落體這類充滿速度感的遊樂設施。

「接下來我們去那邊，我想坐那個！」

「咦？那、那個嗎？」

「嗯，那個。」

「那個……不是高空彈跳嗎……？」

「應該是吧，至少看起來不像咖啡杯。」

「特地花錢從高處往下跳，這實在是令人難以理解的癖好……」

「哦？明良，你害怕嗎？」

「唔！才、才不是這樣……」

「那就是沒問題嘍？走吧！」

「啊……」

她實在太喜歡這類遊樂設施，反倒是我先受不了了。在她選了木造雲霄飛車當作第四個遊樂設施後，我費了好大一番功夫才拜託她打消這個念頭。雖然她的表情看起來有點遺憾，但她還是苦笑著說「真拿你沒辦法」，然後買飲料回來給我喝。

不過出人意料的是，她居然會怕鬼屋。

那間鬼屋裡頭都是一些簡單而老舊的機關，根本一點都不恐怖，但她從頭到尾都在尖叫。附近的親子檔還在開玩笑說「那個獨眼小僧的眼睛好像荷包蛋喔」的時候，她已經嚇得眼裡浮起一層薄薄霧氣，連一秒鐘都不放開地緊緊抓著我。

「妳會怕妖怪喔……」

「女生基本上都怕妖怪和黑色惡魔啦，嗚嗚……」

「黑色惡魔？」

「就是會在廚房附近，張開翅膀來攻擊你的那個東西呀。」

「啊啊。」

原來是俗稱小強的那種生物呀。

這倒是，那東西在晚上突然飛撲過來，就連我這個男生也覺得有點嚇人。

「不過剛剛那個鬼屋應該沒有那麼可怕吧……」

「哪有！做得好逼真喔，我還以為那個獨眼小僧是真的咧。」

「咦？這樣呀……」

「那隻眼睛好可怕……我光是這樣看著，就覺得好像會被他拖進地獄裡似的……」

她講得太逼真了，讓我忍不住失笑。那明明就像荷包蛋呀。她看我笑她，氣嘟嘟的鼓起腮幫子，看起來就像是松鼠之類的小動物，讓我克制不住，笑得更加厲害。

這間遊樂園腹地雖然不算特別大，但對我們兩個來說已經太足夠了。

在自由落體親身體驗重力加速度的威力、在咖啡杯轉得暈頭轉向、在卡丁車感受賽車的速度感，接著又搭了摩天輪，還是沒辦法玩遍所有遊樂設施。

「嗯——雖然還是想搭看看另一座雲霄飛車，但這次還是算了。征服全園的目標就留到下次再來完成吧，嗯。」

她說完就爽朗地笑了。

我們離開遊樂園時，已經是下午五點多了。

兩人並肩從大門走出去，前方可以看到爸媽揹著小朋友的身影。小朋友一定是玩太瘋累了吧，似乎睡得很熟。我也全身上下都有種舒暢的疲倦感。

「嗯——好好玩喔。」

一夏將雙手手臂朝天空伸直，開心地說：

「時間一下就過去了，搞不好我是第一次在遊樂園玩得這麼盡興呢。」

「真的，我的腿都僵硬了，明天大概會肌肉痠痛吧。」

「什麼！你也太像老爺爺了。明良，你應該是運動不足吧？不趁年輕時好好活動筋骨，以後老了就不妙嘍。」

「也是，最近確實都沒什麼在運動，有沒有什麼好的建議呀……」

「適合你的運動啊……太極拳如何？」

「……那個是老爺爺在做的吧。」

「也是。嗯——那就那個好了！用電力鍛鍊腹肌的那個怎樣？」

「那個連運動都算不上吧……」

我們望著彼此笑了出來。

雖然我對她還有許多不了解，但今天一整天相處下來，我對她的戒備已經消去大半。

她的表情變化多端，像向日葵一般經常露出笑容。至少我已經不會懷疑她是壞人了。

「……唉，早知道會這麼開心，早點來就好了。搞不好我也是受到那七天的幽靈所束縛的人呢……」

「……？」

只是她有時候會說一些令人聽不懂的話。

她搖搖頭。

「沒，沒事。啊，那個，我還有一個地方想去，可以嗎？」

「喔，好呀。」

「好，那我們走吧。」

「啊……」

她說完就牽著我的手往前走。

那隻輕柔包覆著我的手，十分柔軟。

她前往的地方是公園。

那是位在我家附近，一座小小的兒童公園。雖然從家裡走過來大概只要五分鐘路程，但我可能是第一次來這裡。

太陽已經幾乎下山了，夜幕蘢罩街道。即使天色晚了，蟬鳴還是惱人地響個不停。據說牠們的壽命只有七天，這樣看來或許確實是每一分每一秒都得好好珍惜，連睡覺都覺得可惜吧。聽著唧唧聲在黑夜中迴盪又散去，讓人很有現在真的是夏天的感覺。

我抬頭仰望天空。

連一片雲都沒有的晴朗夜空，天琴座α顯得特別明亮而美麗。隔著將夏季夜空劃為兩半的銀河，對岸的天鷹座α正散發淡淡的光芒，像是在與天琴座α遙遙相望。

「這裡，就是第一次相遇的地點吧……」

她喃喃說道。

「五年前的夏天夜晚，兩人在這裡偶然相遇，然後一切才開始的。回想起來，這四年我們一次都沒有來過這裡呢，果然還是因為害怕來這吧……」

「……」

她的眼神望著非常遙遠的地方，那雙眼眸像在追尋著某種現在已經失去的東西，和凝望遙遠彼岸閃耀的星光視線非常相似。

我將目光從她身上移開，環顧公園四周。

昏暗的公園裡沒有其他人在，顯得十分寂靜。耳朵深處響起了因為過於安靜而生的嗡嗡聲，如同漣漪般在腦海中逐漸擴散。

這感覺十分不可思議。

明明應該是第一次來的地方才對，卻覺得自己好像曾經來過這裡。

腦中突然浮現一個畫面。

在公園正中央跌了一大跤的女孩身影。我想要問她有沒有怎麼樣，結果她卻慌慌張張地跑走了，但又掉了一個玩偶在地上。那是一個貓咪玩偶……

「……」

不過，僅止於此。

那些畫面就如海水退潮般越拉越遠，從我的腦海中消逝。

那感覺就像在看電影或連續劇一般，像是在看別人的故事，絲毫沒有現實感。而且女孩的臉龐籠罩在一團白霧之中，根本看不出來是誰。

我沉默著沒作聲。一夏望著不發一語的我說道：

「……回去吧。」

我從她的眼神裡捕捉到一縷彷彿在期待什麼般的光芒，讓我內心油然而生一股歉意。

在這個地點，或許我曾經獲得過什麼，又失去了什麼。

但我想不起來那到底是什麼。

簡直就像是我的腦海裡那團覆蓋住女孩臉龐的白霧，瀰漫了整個視野，讓一切都變得模糊不清。

蟬鳴聲越來越大，就像在嘲笑僅能呆站原地的我。

我和她道別後，才剛回到家，葉月就立刻湊上來。

「欸欸，約會怎麼樣啊？」

「咦？妳怎麼知道我們去約會？」

我一邊脫鞋一邊反問，她爽快地回答：

「我有發訊息問一夏呀。」

對喔，雖然不曉得為什麼，但葉月和她好像還蠻熟的。

話說回來，除了我以外的每個人都認識她。爸媽、葉月、大學裡的朋友也是。簡直像是只有我的世界中沒有她一樣。

「欸，然後怎麼樣了？你們去了哪裡？」

「沒怎樣呀，就只是去遊樂園而已。」

「嗯嗯，遊樂園是約會的基本款嘛。以你的程度來說，算得上是值得稱讚的選擇。所以呢，你有親下去嗎？」

「才、才沒有啦！」

我忍不住提高聲調。

「什麼呀，真無聊。不好玩。」

她略顯失望地發表感想。

她也太早熟了吧……

「那去完遊樂園後你們還去了哪裡？又不是小學生，不會只去遊樂園就回來吧？」

「真不好意思，就只有這樣。剩下就是在附近晃晃，還去了附近那座公園。」

這瞬間，葉月露出驚訝的神情。

「哥，你們去了那座公園嗎？」

「咦？對呀。她說想去。」

「這樣呀……」

她沉思了半晌。

「欸，哥。」

葉月的表情突然變得很認真。

「你可能聽不懂，但沒關係，你就先聽著。」

「嗯？」

「我覺得你就維持現在這樣也沒什麼不好。如果想起過去的回憶對你來說太痛苦，全部忘掉、活在嶄新的當下也很好。我覺得這是勉強不來的事。不管你變成怎樣，對我來說你都是我哥哥，可是呢……」

此時，她突然直直地望向我的臉，懇切地說：

「只有這一點你一定要記住。這四年來陪在你身旁的人是誰？一直支持著你的人是誰？這對你來說一定會是很重要的事情。」

我不清楚葉月的話究竟指的是什麼。

但是那些話深深地刺進了我的內心深處。

◇

我作了個夢。

那個夢境十分鮮明，我甚至清楚地知道自己現在正在作夢。

在雪白的霧氣中，她就在那裡。

她凝望著倒臥在地面上的我，好像開口說了些什麼。

但是我聽不清楚她的聲音。

我想聽懂她的話，可是卻宛如身陷水中般，聲音無法清晰地傳達過來。那個光是靜靜聆聽就能讓內心感到平靜，我最喜歡的聲音。

不過藉由嘴唇的動作，我終於勉強能夠辨認她說什麼了。

她是這樣說的：

「——你為什麼回頭了呢……？」

2

烈焰般的七月陽光，遍灑視線所及之處。

每樣東西都被曬的發亮，這種不可思議的畫面令我忍不住瞇起眼睛。現在明明才早上，氣溫卻似乎超過了二十五度。

今天好像也會很熱。

「……呼。」

自從我決定踏出全新的一步後，第一個禮拜就要結束了。

我決定不再只是重演過往的一個禮拜，不再只是扮演一個幽靈，而是踏進完全未知的第八天。

如果說我不曾對打破至今的規律有過遲疑，那是騙人的。

那天早上去他家時，其實我心裡很害怕。

我打算做的事情是正確的嗎？他身邊的人能接受我的想法嗎？要是他們拒絕的話，我該怎麼辦呢？如果他們說我想做的事只不過是種自我滿足，我該如何回答才好呢？更何況在那之前，我早就已經逃避過好幾次了。光是想像這些可能，就讓我忍不住發抖，在按下門鈴之前，我不斷反覆地問著自己。

所以葉月的話真的讓我很高興。

我很感激她決定要支持我。想必她也是在考慮過後，才做出這樣的結論吧。我也真的非常感謝，她爸媽願意接受我的想法。因為我只是個局外人，就算被一口回絕也不奇怪。

我伸手拭去在艷陽下不停流淌的汗水，朝著丘陵前進。在熾烈陽光的照射下，周遭的花崗岩墓碑看起來都乾透了。我抵達目的地，拿起勺子從手中握著的水桶裡舀起一瓢水，安靜地從墓碑上淋了下去。灰色的碑面吸收水分，泛開一片深色水痕。

能獲得喜多嶋的認同和協助，也純粹是僥倖。

我跟喜多嶋其實沒說過幾次話。我總覺得她似乎在避著我，雖然這種感覺不是很明顯，但我也因此不太會主動去接近她。所以我真的很感謝她能支持我的決定。

只是她的表情似乎略略蒙上一層陰影，這點讓我有些在意。在我所知範圍內，她的個性應該很活潑開朗才對呀。

手機突然響起，將我從沉思中拉回現實。

是葉月發來的訊息。

『一夏，妳這禮拜帶我哥去那座公園了吧，謝謝妳。』

訊息最後附上了一個笑臉。

葉月的明朗性格不曉得拯救過我多少次。從身為妹妹的立場，或許她也是最能理解我現在心情的人了。

我之所以會帶明良去那座公園，是因為心裡還抱著些許的期待。

那裡是兩人相遇的地點，也是共渡了最多時光的地方。

我想說要是去那裡，搞不好他會想起什麼。

那裡刻劃著許多與他之間的回憶，那個場所早已深深沾染上兩人的感情。

但是他什麼也沒有想起來。

我明白這是勉強不來的事。如果事情可以這麼順利，那麼至今為止這四年應該會有更多進展才是。這些我都很清楚，可是一看到他用那簡直是事不關己的表情望著那座公園，我的胸口就劇烈地發疼。

眼淚奪眶而出。

這是現在的我的淚水呢？還是五年前的「她」的淚水呢？我不曉得。但是淚水一旦決堤，就無法輕易停止。

可是……

只有我是絕對不能洩氣的。無論發生什麼事情，不管要重複幾次一個禮拜的循環，我都要待在他身旁。我已經決定了。這是我的盼望，我的責任，也是我的權利。

對吧？

我朝著眼前的灰色標的輕聲詢問。

它當然不會給予我任何回答，但是沒關係，我已經下定決心了。

朝著第八天踏出嶄新的一步後，第一個禮拜就這麼結束了。

接下來的一個禮拜在各種慌亂中渡過。

大學上學期的期末考結束，又經過諸多事情之後，進入了悠長的暑假。

禮拜一，我再度來到明良家找他，他用看著陌生人的眼神望著我。見到他這副神情，我的心臟揪緊，幾乎要承受不住，但我還是跟他說「你好，初次見面」。他露出驚訝的表情回望我。

隔天，我們和喜多嶋、祐輔、真琴等天文同好會的夥伴一起去海邊，地點是原本在五年前就應該去的江之島海岸。只有他一個人露出不可思議的困惑神情，側頭想著……是什麼時候開始放暑假的呀？

沙灘上滿滿的都是人，十分熱鬧吵雜。說到夏天的江之島，簡直就是海水浴的聖地。那副景象與其說人群浸在海裡，或許說海水存在於人群縫隙之中會來得更加貼切。

「嘿！」

我使勁地將水噴向在沙灘上發呆的明良。

「哇！妳幹嘛呀！」

「哼，誰叫你要在那邊發呆。難得來海邊，這樣實在太浪費了。」

我希望明良能更開心一點，這可是等了五年好不容易才實現的江之島小旅行。一開始他只是笑著閃避我的噴水攻擊，但漸漸地也開始會潑水回擊。

「可惡，還挺行的嘛！」

「啊，好冰喔！好，看我回敬你！」

「哇！有海藻黏在我臉上。」

「哈哈哈，好像頭髮喔。」

海面反射陽光，閃閃發亮。腳邊可以看到小小的魚兒在悠然游動，江之島的海邊遠比我想像的還要美麗。

「哦？你們看起來很開心嘛，我也要加入。看我的厲害！」

「……喂！祐輔，你為什麼是潑我啦！」

「喔喔，抱歉，我手滑了一下。」

「少來，你絕對是故意的！祐輔你完了！」

「我真的不是故意的啦！不要朝我丟螃蟹……！」

到最後連真琴他們都加入戰局，所有人一起瘋狂打水戰，玩得十分起勁，不停彎下腰從膝蓋附近汲起海水。每個人從頭到腳都濕漉漉的，但真的非常開心。

晚上我們就在沙灘上看星星。

海邊的星星比平常在城市裡看到的更加鮮明清晰，眾人不禁發出歡呼。

只有明良一個人坐在離大家稍微有一段距離的位置，靜靜地望著海面。

自從那場意外以來，明良似乎失去了過往對於星星的熱情。他仰望天空的頻率很明顯地大幅下降，或許他體內的某種情感，隨著跟「她」有關的回憶一起消失了吧。

「明良，你不一起來看星星嗎？」

我出聲詢問。他露出有些為難的表情。

「總覺得好像有點提不起勁。」

「這樣呀。」

「嗯。」

明良答覆我的聲音聽起來有點沒精神，然而我卻無法幫他什麼。感覺到自己的無能為力，我難受地鼻頭又是一酸，趕忙緊緊閉上雙眼，強忍住落淚的衝動。

快要午夜十二點時，大家才終於打道回府。

這禮拜我們還在明良家烤肉。

整齊美觀的庭院中，明良、葉月、他爸媽、還有喵太跟我都圍在桌旁。明良熟練地不斷烤著肉，葉月嘴上一邊開他玩笑，手裡也沒閒著，冷不防地會發動突襲，他爸媽和喵太則笑著看這兩兄妹的攻防戰。

「啊，不行啦，我就跟妳說那片還沒烤熟，不能偷吃啦。」

「沒關係啦。一夏，我哥就是那種小心過頭的死腦筋，妳說對不對？」

「咦？可是，這次我也覺得應該要再烤一下比較好耶。」

「什麼——真的嗎？」

「聽說豬肉要烤熟再吃比較安全呀。」

「但是人家想要趕快吃啦——」

葉月嘟著嘴回我，明良動作俐落地將肉翻面。

他在日常生活上沒有什麼大礙，除了記憶只能維持一個禮拜之外，也沒有其他後遺症。車禍前的記憶除了關於「她」的部分，似乎全部都記得。車禍發生後，必要事物作為內隱記憶，身體自然記得住，周圍的人們也都相當幫忙。就算有時候會發生一些矛盾的情況，他腦中也能夠將其合理化。據說是這個樣子。

「啊，對了，一夏，妳對哥做一下那個嘛，那個。」

「咦？」

葉月突然看著我的臉，說出讓人摸不著頭緒的話。

「就是，餵他吃東西的那個『啊——』呀，『啊——』妳不是哥的女朋友嗎？之前妳也在學校餐廳餵過他吧？」

「咦？是沒錯，可是……」

但要我在葉月和明良的爸媽面前做這種事，我內心多少還是有點抗拒。

「別在意別在意，有時候我媽在家也會餵我爸喔。」

「啊，妳、妳說什麼傻話呀，葉月。」

「咳咳。」

葉月的話讓他們爸媽一臉尷尬地清了清喉嚨，我們見狀都笑成一團。笑聲和對話不絕於耳，溫暖又愉悅的氣氛。

單看這個場景，會讓人覺得這個空間和五年前沒有絲毫改變。

而這次也是，在一個禮拜快要結束時，他幾乎卸下所有心防，常常對我展露我最喜歡的那個沉穩笑容，也開始會親密地直呼我的名字。

可是，也只到這個程度而已。

花了整整七天好不容易拉近的距離，又會在轉瞬間因為遺忘而回到原點。原本以為能夠抓在手裡的星星，其實一直在遙遠的彼方。這一點真的令人十分沮喪。

不過……

最令我難受的一點是……看著覺得終究無力改變一切，內心某處其實早已放棄的自己。

七月的最後一個禮拜悠緩地度過了。

我一如往常地來到桐原家，望著他，拚命擠出笑臉對他說出不曉得是第幾次的「你好，初次見面」。不過，只有他那半是驚訝半是困惑的表情，我總是無法習慣。

「請問……妳是哪位？」

「我是日向一夏，明良，我是你的女朋友。」

「咦？女朋友……？」

這段對話我們到底重複過多少次了呢？

每次聽到明良詫異地這麼問，我都必須強忍心痛，在臉上展露笑容。

其實我很想對他撒嬌。

想要能盡情自由展現自己的所有情感，飛奔投進他的胸膛。和他在一起時，心臟總是一直劇烈鼓動，無法停止。長久以來思念的人就站在眼前，多想將所有的心情全部坦露出來。

但是我不能這麼做。

只要他仍受困於夏季的幽靈，只要他還沒有真正看見眼前的我，我這樣做就只會給他帶來困擾。所以我只能在他面前努力地展露微笑，扮演堅強的一夏，彷彿只要不這麼做，我的心就會潰散一地。

那禮拜的前幾天，我們一起寫大學的作業，一起去買東西，一起去散步，沒有安排什麼特別的活動，就是平凡悠閒地度過。

那個禮拜結束前，因為天文同好會的觀星大會，我們去了大晴山。

大晴山。

是我永難忘懷的地方。

是他抓住星星，製造了讓我們家重新開始契機的地方。

我想觀星大會選擇這個地點應該只是偶然，但總覺得好像有很多巧合都在助我一臂之力，有點令人高興。

觀星大會當天的天氣十分晴朗。

那天是氣溫高於三十度的炎熱夏日，光是站著不動都會讓人從額頭不停滴下大顆汗珠。通往目的地見晴台的登山步道雖然整頓的很不錯，但爬起來還是頗有難度。我們一路氣喘吁吁，肩膀上下劇烈起伏，花了大約一小時才終於抵達見晴台。

那時天色剛好變得有些昏暗，星星也開始探出臉來。

「那麼我們就在這裡開始觀星大會，三個小時後集合下山。接下來，就請大家自由活動。」

雖然說是觀星大會，但是集體行動的時間只有一開始的會議和最後的活動報告而已，其他時間大家似乎都是分頭行動。聽到號令後，眾人紛紛向四周散去。真琴他們幾個學長姊在製作星座盤，喜多嶋專注地觀察月亮，祐輔則是跑去拍流星群的照片了。

我沒有什麼特別要做的事，就隨意地在附近晃來晃去，抬頭仰望天上的星星。光是凝視著明亮清晰的點點星空，內心就有種被洗滌的感覺。我好像稍微能夠理解那些著迷於星星的人的心情。

我就這樣一邊漫步，一邊欣賞星空。

過了一會兒，我突然發現他不見了。

咦……？

環顧四周，果然沒看到他的身影。到底跑到哪裡去了呢？就算問祐輔他們，也沒人知道他去哪了。我思索片刻，腦中驀地靈光一閃，想到了某個地點。

該不會……該不會……我這樣想著，腳下不由自主地跑了起來。那裡應該離這裡沒有很遠才對。

一路上我穿過樹叢，踏亂草地，只是一心一意地朝那裡前進。

我對正確地點其實只有模糊的印象，但或許是因為發現了明良踩過草叢留下的痕跡，才讓我不至於迷路。

「啊……」

我看見他了。

就在過去兩人一同望著銀河，抓住星星的地點。

他靜靜地站在那裡，像是正在祈禱般抬頭仰望夜空。

「明良——」

我正打算出聲叫他，但他口中吐出的話語令我頓時停住所有動作。

「只要伸出手，就能抓住那顆星星嗎……？」

「咦……？」

他剛剛說了什麼……？

我太過驚訝，全身猛然一震，牢牢地盯著他的臉。他自己似乎也嚇了一跳，表情困惑地眨了眨眼。

「為什麼？我剛剛怎麼會……？我不知道自己為什麼會說那句話。可是等我回過神來，就已經說出口了……」

他就像在祈求著什麼般，朝星空伸長了手臂，想要抓住某道光芒。

那是五年前，他在同一個地點做過的動作。

然後，他這麼說：

「……千……夏……？」

那是不可能從他口中聽到的名字。

我當場全身虛脫，軟綿綿地坐倒在地。

或許他又會忘了自己曾說出過這兩個字。

或許只是從錯綜複雜的記憶中，偶然冒出的兩個字。

但是太好了。

能夠聽到他說出那兩個字。至少我終於能夠確定，往前踏出一步的這個決定不是白費功夫。我終於能夠相信，自己選擇的道路並沒有錯。

我終於好像能夠稍微靠近那顆在遙遠彼方閃耀的星星了。

而七月就這麼邁入尾聲。

醒來之後，一切都已經結束了。

我躺在床上，身上插著好幾根管子，睜開眼後第一個映入眼簾的東西，就跟失去意識前一樣，都是白色的天花板。

我忍著從胸口傳來的陣陣疼痛勉強起身。看到爸媽就在床邊的椅子上靠在一塊兒睡著了。我喚醒兩人，從他們那邊聽到所有事情經過。

車禍的事、桐原的事、還有……

對於橫在眼前的現實，我一句話都說不出來，所有情感都麻痺了，就連眼淚都流不出來。只能用手緊緊按著劇烈鼓動的胸口，一天又一天，承受著已然風雲變色的現實。

直到出院前的每一天，我都宛若置身惡夢之中。

3

等我回過神來，時序已經進入八月了。

常常聽到光陰似箭這句話，而我的時間就像這句話一樣，在我不注意的時候飛快流逝。雖然我自己完全沒有真實感，但日曆上的日期清清楚楚地顯示，七月已經結束了。

現在，我身旁有一個叫作一夏的女孩子。

她自稱是我的「女朋友」，三天前突然出現在我眼前，從那之後我們總是兩個人一起行動。

有一件事真的非常奇怪。除了我以外的人，爸媽、妹妹、大學的朋友，所有人都認為她就是我的「女朋友」，但我應該沒有女朋友才對呀？

『明良，你現在只是頭腦有點混亂吧？沒關係，接下來我會盡我女朋友的責任，全心全意地陪在你身旁，讓你的身體都牢牢記住，我是你的女朋友！』

她──一夏說完後，就緊緊地握住我的手。

她很愛笑。

表情很豐富，渾身散發一種柔和的氣息。那張明亮有朝氣的笑臉，總是會讓我聯想到夏天的向日葵。就算以比較嚴格的標準來看，她也絕對是個美女，不過她親切大方的個性總會讓人不知不覺中忘了這件事，我很喜歡她這一點。她總是帶著一副星星耳環和一條星星項鍊，不曉得是不是特別鍾愛這兩樣飾品。星星和月亮相互依偎的設計，非常適合她。

與她一起度過的每一天都非常快樂。

只要她在身旁，我的內心就十分平穩，原本不起眼的事物看起來也顯得特別，感覺就像世界變成彩色了那樣。

「我只要看著一夏的笑臉，就會覺得很安心。」

「咦？真的嗎？」

「嗯，而且妳總是笑著，我看了也覺得開心。」

「笑、著……？」

「嗯，一夏一直都笑著喔。」

「這樣呀……嗯，聽你這樣說我還蠻高興的。」

沒錯，她現在也輕輕微笑著。

只是自從和她——和一夏走在一塊兒後，我身上也開始出現一些變化。

譬如說，明明是第一次去的地方，卻總覺得十分懷念，內心湧起各種情感。究竟是為什麼呢？甚至有時候我會突然陷入強烈的悲傷中，難受得無法自己，這種心情到底是什麼呢？不過，很不可思議地，我並沒有不舒服的感覺。有時我還會覺得，內心似乎在想辦法找回失落的某個東西。

更重要的或許是，和她一起度過的時光非常地單純快樂。

每個月十號，天文同好會都會固定舉辦聚餐。

現在學校在放暑假，但這個慣例似乎完全不受影響。上個月不曉得是什麼情況？我絞盡腦汁拚命回想，可是卻一點都想不起來。上個月那時「七夕祭」才剛結束，是太忙了沒有辦成嗎？我有點在意，不過反正都是一個月前的事了，想不起來也很正常吧。而且我現在得趕緊出門才行，就決定先把這個問題拋到一邊。

聚餐辦在學校附近的居酒屋。

這間店以學生客人為主，價格划算消費門檻又低，聽說我們社團常常在這裡聚會。當然一夏也在我身旁，她和社團的其他成員也都認識。

「那麼，讓我們再次慶祝『七夕祭』的大成功，還有平日活動順利，現在就一起來乾杯吧——乾杯！」

「「「乾杯！」」」

在真琴的號令下，聚餐開始了。

天文同好會的聚會基本上不講究拘謹的禮節，雖然還是保有最低限度的禮儀和規則，不過真的相當隨意。這是因為成員們感情早就已經相當好。

「現在，杉本祐輔，二十一歲，要來模仿熊貓吃竹葉！」

「哦，不錯喔，祐輔，加油。」

「哈哈哈，根本不像啦。」

「那才不是熊貓，是大猩猩吧？」

「咦，是嗎？那下一個，我要來模仿操縱眼鏡蛇的印度人！」

祐輔的模仿很搞笑，炒熱了整個聚會的氣氛。和我一樣從高中時就參加天文同好會的祐輔，幾乎每次都是這樣，總是比任何人都融入聚會的氣氛。

「呵呵，祐輔好好笑喔。」

連一夏也看著祐輔笑了出來。

一夏出乎我意料之外，酒量似乎蠻好的。她外表看起來不像能喝的人，卻從剛才已經接連喝了好幾杯日本酒了，其中她似乎特別喜歡一種叫作「飛露喜」的酒。

「一夏，妳喜歡喝酒嗎？」

「嗯，還蠻喜歡的。我也喜歡『鍋島』、『寫樂』和『雪之茅舍』吧。」

「這樣呀。」

她對日本酒如數家珍，但是這些酒名卻聽得我滿頭霧水。

「明良，你要不要也喝一口看看？像這個『手取川』味道就不會嗆，很推薦喔。」

「啊，好呀，那我就喝一口好了。」

和她用同一個酒杯讓我心裡有一點緊張，我湊近杯子喝了一口。那口酒就如一夏所說的非常爽口，一點都不會嗆。

聚會氣氛十分悠閒而平穩。

雖然熱鬧吵雜，卻是一段愉快放鬆的時光。

只是有一點和平常不太一樣。

喜多嶋居然難得地在喝酒。

平常她只要喝個兩杯卡魯哇奶酒就會滿臉通紅，苦笑著自嘲「我可能不太會喝酒吧，啊哈哈」。但她今天居然從頭喝到尾，喝乾了一杯又一杯，然後就表情複雜地望著空酒杯發呆。最後她趴倒在桌上，嚎啕大哭起來，像是壞掉的收音機一樣不斷地重覆說著「……對不起……要是我、我那個時候，沒有做那種無聊的事情……」這樣的話。

十一點多散會之後，祐輔和我們兩個一起送她回家。

「不用不用，我一個人……回得去……」

她嘴上雖然逞強，但腳下連直線都走得歪歪斜斜的。她朝我們揮揮手，打算自己走回去，但不出我們所料，還走不了十步就癱坐在地上。我和祐輔急忙衝過去扶起她。這種情況下也不能立刻送她回家，只好先帶她去半路上的公園休息。我們扶她坐上長椅，確認她的清醒程度，祐輔說「我去買寶礦力」之後，就跑去附近的便利商店了。

現在是暑假，夜晚的公園顯得十分安靜。

平常偶爾會有一些學生在這裡玩鬧到天亮，今天倒是沒有半個人。盂蘭盆節快到了，大家都回去掃墓了嗎？不曉得是不是心理作用，感覺蟬鳴也減弱了幾分。寥寥幾根路燈的照耀下，一夏輕撫著喜多嶋的後背。

「……對、不起……」

喜多嶋突然又開口說了今天不曉得是第幾次的道歉。

我以為她是想為現在這個狀況道歉，就回她「別在意」，但她卻左右搖頭。

「……不、不是……我不是這個意思……我不是這、這個意思……」

她低垂著頭，不斷重複這句話。

到底什麼不是這個意思呀？

我和一夏困惑地對看一眼。過了一會兒，喜多嶋雙手摀住臉，像是要將深埋內心的祕密傾吐而出般開口說道：

「……我只是想小小惡作劇一下……」

她的聲音裡蘊藏著深深的後悔。

「『七夕祭』結束後，我故意拖住明良，耽誤你的時間，只是出於開玩笑的心態……我知道你待會要去找日向，這還是你自己一臉開心地告訴我的。所以我就想，讓你遲到一下好了。我想讓你稍微感到困擾……我只是想要捉弄一下你們兩個而已，根本沒有我介入餘地的你們……」

「……」

「我一直都很清楚你根本沒有把我當成對象，明良你心裡只有日向，只把我當作朋友。雖然不甘心，但這一點我再清楚不過了。也是我自己不好，明明我們從高中時就認識了，我卻從來沒有採取過任何行動。可是日向才一出現就把你整個搶走……我實在受不了，我想要做一些小小的抵抗，卻沒想到……」

說到這裡，喜多嶋激動地左右搖頭。

「對不起……不過我真的沒想到會發生那種事情。都是因為我無聊的嫉妒，拖住明良害他遲到，才會發生那場車禍……」

我聽不懂她到底在講些什麼。

但是身旁的一夏用手摀住嘴巴，臉色蒼白地顫抖著。

「……對不起……我知道就算道歉也完全不足以彌補。可是……對不起……對不起……」

喜多嶋雙手摀著臉，嗚咽地反覆說著。

我望著她，不曉得該跟她說些什麼才好。

回到家以後，喜多嶋的身影仍舊深深烙印在我的腦海中揮之不去。

為什麼她會哭得這麼悽慘呢？

她到底在為了什麼道歉呢？

我不懂。

但是我隱約感覺到那似乎是一件非常重要的事情。

更重要的是，我看到一夏臉上露出悲傷的表情，就彷彿有什麼沉重的負擔壓在我胸口上一般。

我是不是忘記了什麼重要的事情？

所以才讓她看起來這麼難過呢？

這個念頭幾乎要將我擊潰。

最近我經常作夢。

夢裡，有個女孩在白霧中朝我說了些什麼。我不曉得她是誰，也聽不清楚她說的話，可是那個夢境朝著內心深處懇切地在呼喚著什麼。我曾經聽過夢境會揭露一個人的潛意識和尚未整理的記憶，要真是如此，那麼我的夢究竟意味著什麼呢？

徹夜不眠的蟬兒鳴叫聲，從窗外傳進耳裡。

結果那天晚上，一直到天空泛起魚肚白，我都無法入睡。

隔天是禮拜天，也是我的生日。

八月十一日，「蘑菇之日」。

我們家的人說要幫我開慶生會，所以我還是揉揉惺忪睡眼起床參加。年紀都這麼大了，就算過生日其實也不會太興奮，可是因為腦袋從昨天開始就塞滿各種思緒，心情有點低落，所以還是很感謝他們的心意。

一夏和葉月說她們要親手做生日蛋糕給我。

兩個人攜手合作，一邊看著食譜一邊著手製作。從廚房傳來葉月困惑的聲音，「咦？這是砂糖還是味精呀？」這句話讓我內心相當不安，不過有一夏在，應該沒問題吧。

昨天道別時，一夏的表情看起來很悲傷，但今天又回復正常了。

她一早就來到我們家，一看到我的臉就笑著說：「生日快樂！」是那張我喜歡的、有如向日葵般的笑臉。但我很在意她那有些泛紅的雙眼。

過沒多久，蛋糕烤好了，大家聚在一起開始慶生會。

「明良，HAPPY BIRTHDAY！」

一夏的祝福伴隨著拉炮的爆破聲一同響起。

「哥，生日快樂。」

「明良，生日快樂呀。」

「這樣你就二十一歲了，這個年紀也算是成熟的大人啦。」

每個人都紛紛笑著對我道出祝福，雖然有點不好意思，但我內心相當高興。

爸媽送了我一枝鋼筆，葉月則是送了我鬧鐘。

「哥太愛賴床了啦，有這個可能會稍微改善吧。啊，不過現在有一夏在，應該沒有必要了吧？」

她意味深長地笑著說。受不了耶，不要老是講這種令人尷尬的話啦……我只能暗自苦笑。

「這個是我送你的。」

一夏送的是一條領帶。

高雅的藍色條紋，讓我一眼就喜歡上了。

「一夏，謝謝妳。」

「不會，別客氣。因為，我可是明良的『女朋友』呀。」

自從一夏出現在我面前，這句話我聽過好多次了。
一開始雖然有點不知所措，但如今已經完全習慣了。
我望著一夏的眼睛，再說了一次「謝謝」。她也回望著我的雙眼，有些害羞地回：
「不客氣。」
「等一下等一下，你們兩個幹嘛互相凝視！」
「咦？我們才、才沒有互相凝視啦。」
「對、對呀。我們只是看著對方而已。」
「好呀，你們說了算。受不了耶，熱戀中的情侶就是這樣，有夠火熱的！」
葉月聳聳肩，揶揄地說。
聽到她的話，我們兩個雙頰都泛起紅暈，葉月見狀更是不懷好意地笑了起來。旁邊的喵太則是傻眼似地喵喵叫了一聲。
這是一段快樂而令人沉醉的美好時光。
家人都在身旁，自稱是我「女朋友」的一夏也在，所有人臉上都綻放著笑容。
這肯定是那種如畫一般幸福的場景吧。
明明應該是這樣的。

明明應該是這樣的……然而我的心卻隱隱騷動著。

總覺得似乎少了什麼。我明明已經擁有一切了，心裡卻覺得彷彿失去了什麼，這種感受一直揮之不去，胸口像是開了一個大洞。我究竟是怎麼了？

之後，慶生會也順利地繼續進行。

大家為我唱生日快樂歌，一起吃蛋糕（上面點綴著草莓的巧克力蛋糕，吃起來有點味素的味道），之後我跟一夏和葉月還三個人一起玩了桌遊。

「嗯——那我就把交易路線延長到這裡……好，這樣應該可以拿下最長交易路線吧。」

「啊，那是我原本打算要拿的！」

「不好意思喔，葉月。」

「嗚——」

「啊，葉月，抱歉啊，我也集到了所有的騎士團卡片，擁有最大騎士力，可以拿到兩點。」

「那個也是我原本想要的！可惡，笨蛋哥哥！我要趁你睡覺時叫喵太去拔你頭髮！」

葉月忿忿地說。喵太聽了低沉地喵了一聲，像是在說「我才不幹那麼低級的事」。

那是充滿笑聲、熱鬧而愉快的美好時光。

說不定這是我至今為止的人生中最快樂的一次生日。我內心一邊懷抱著那份失落感，一邊沉浸在流動於房間中的溫暖氣氛裡，不自覺地這麼想。

不知不覺就傍晚了，大家都覺得差不多該開始收拾了。

就在這時，玄關的門鈴響了。

「啊，我去看一下。」

因為我的位置離門最近，我就起身走到門邊，身旁的一夏也跟了上來。

我從門上的貓眼朝外窺探，發現在門外的人是郵差，他手裡拿著一個像是信封的東西，應該是來送信的吧？

「你好。」

我開門的同時，朝他打招呼。

郵差看著我的臉問道：

「請問你是桐原明良嗎？我這裡有一封日向小姐寄給桐原先生的『寄給未來的

信』。」

「咦？」

一夏寄的嗎？

我反射性地回頭看向一夏的臉。

是生日驚喜嗎？

不過一夏頻頻眨著眼睛，一副不知情的模樣。不是一夏準備的……？

我疑惑地向郵差道謝，接過那封信。

拆開信封，裡面是一張淺水藍色的信紙。

外面用娟秀的字跡寫著「給五年後的明良」。

「這是……？」

一夏仍舊搖搖頭表示不知道。

我雖感到驚訝，但旋即低頭開始讀信。

唰，紙張摩擦的聲音在玄關響起。

而那封信裡面的文字，帶給我彷彿頭部遭到撞擊般地強烈衝擊。

給五年後的明良：

你讀到這封信時，應該變得更加成熟穩重了吧。

你上大學了嗎？還是已經出社會了呢？如果到時候我還在你身旁就好了呢。

五年後，變成大人的明良。

你現在臉上是什麼表情呢？有長成一個帥氣的好男人嗎？光是思考這些問題，我就不禁十分期待，心裡越想越興奮。我真是個急性子呢。

這封信，會在你五年後，你生日的那天送達。

五年後的八月十一日。

所以呢，雖然可能算不上是禮物，但我有準備了一個東西要給你。

我待會就要去把它埋在我們常常一起看星星的地方，埋在那棵櫻花樹下。

就像是時光膠囊吧？我希望能把現在的心情傳達給你。然而我最希望的，還是到時候能和你一起去把它挖出來。

再跟你說一次：明良，生日快樂。

能夠遇見你，能夠和你在一起，我終於抓住了屬於我的那顆星星。

那顆星星代表的可能是家人間的羈絆、和你的相遇，也有可能是我和你的未來。它現在仍舊安穩地躺在我的手掌心中，閃閃發光。

明良，和你一起度過的這個夏天，真的非常快樂。

那種喜悅像要從內心滿溢而出似的，我覺得很幸福。

自從我們相遇以來，已經過了一個月。

自從我們交往以來，已經過了一個禮拜。

這段日子，每一天都閃耀著燦爛的光芒，每一天，我都變得更加喜歡你。

可以的話，我希望今後也能永遠和你在一起。

如果你也這樣想就好了。

我希望無論何時，我都能像那片夜空中閃耀的星星，陪伴在你的身旁。

腦中像是有什麼沸騰了一般。

一顆顆細胞都激動非凡，像是想要傾訴著什麼。

為什麼？

看到這封信……腦海深處不斷有影像湧現。
在漆黑的公園裡，一個摔得很慘的女孩。
兩人一起仰望銀河，朝著滿天星空伸出手的畫面。
抬著頭，一臉著迷地望著煙火的女孩。
還有……倒臥在血泊中的她的臉。
各種畫面從腦海深處一個接一個浮了上來，又相繼消散而去。
這些到底是什麼？我不懂。
但我心中有一個念頭真實無比。
——我得過去才行。
只有這個想法十分明確，席捲了我整個內心。
雙腳不由自主地動了，穿上翻倒在腳邊的涼鞋後，我就衝出家門，連門都沒關。身體像是受到強烈吸引，被拉著往某個地方前進。
「明良！」
背後傳來一夏的呼喚聲。
但是開始奔跑的步伐，再也停不下來。

蒸騰的熱氣包裹住我的身體。

充斥耳際的蟬鳴，在我腦海深處不斷震盪，越來越大聲。那不是油蟬，而是暮蟬的聲音。

身體自然記得該怎麼去那裡。

從我家步行大約五分鐘的小公園。

等我回過神來，人就已經在這裡了。

「這裡是……」

雖然在家附近，但這應該是我第一次來……才對呀？

但我的身體卻對這裡非常熟悉，我記得這個氣息。

就像是有人在引導我一般，我不假思索地朝公園角落的一顆櫻花樹走去。

我很確定。

那封信裡面寫的「我們常常一起看星星的地方」就是這裡。

沒錯，「她」總是在這裡開心地笑著，溫柔地守望著專注觀察星空的我。

我動手挖起地面。

就像是被附身了般，一心一意地挖掘著櫻花樹下的泥土。

我手上沒有鏟子，就用自己的雙手不停地往下挖開地面，就算指尖都破皮了，我也絲毫不在乎，只是不斷地挖著。

挖了片刻之後，指尖碰到了某個堅硬的東西。

我激動地急忙撥開泥土，將那個東西取出來。

那是一個盒子。

一個暗褐色、差不多剛好能捧在雙手中的小盒子。

我使勁想要打開。盒子似乎沒有上鎖，很輕易地開啟了。

裡面裝的是……一張照片和一台錄音機，還有一張上面寫著「Ευχαριστώ」的雲彩紙。

我按下錄音機的開關，聲音流洩而出。

『明良，生日快樂。』

『既然你現在正聽著這份錄音，就表示你順利挖出時光膠囊了吧？』

『雖然這算不上是你上次送我耳環的回禮，但是呢，明良，我要送你一顆星星。那個時候你幫我抓住的那顆星星。你知道嗎？現在有一種能幫星星命名的禮物喔。』

『我猶豫了好久，不曉得該取什麼名字才好，不過最後還是決定，想要取一個能夠表現我對你的心意的名字。』

『嗯……講這種話讓人好害羞喔。』

『我的臉現在肯定紅透了吧。』

『不過我的心意是真實的。』

『謝謝你，一直在我身邊陪著我，一直鼓勵我。』

『希望以後我們也能一直在一起。』

『——明良，我最喜歡你了。』

從錄音機中不停流瀉而出的聲音。

那是我絕對不會認錯的聲音，我不禁全身顫抖。

「啊……」

腦海中突然有畫面如走馬燈跑過。

彎曲的電線杆、刺鼻的汽油味、扭曲變形的汽車。在那巨大鐵塊之下……她就在那裡。她的頭部汨汨流出鮮紅血液，臉色蒼白如紙，我緊緊握住她的手，就像往常一樣，就像我今後也想天天做的一樣。她似乎微微地笑了，是我最喜歡的那張笑臉。接著她輕輕地牽動嘴唇，神情半哭半笑地說：

「……你為什麼回頭了呢？我明明說過，叫你不能回頭的……我會一直守望著你，變成星星，一直在你身旁陪著你，所以明良，不要回頭。明良，你要活下去……」

這是她的臨終遺言。

「啊……」

那句話，讓我腦海中的迷霧散去，一切變得清晰透亮。

至今我宛如迷失在幽暗森林迷宮的腦海中，突然有一道明亮的光線劃破黑暗，那是從天而降的星光，而那道光芒的另一端……是「她」。

我……全部都想起來了。

「……千……夏……」

我的眼淚不斷滾落。

像是從地底冒出的泉水，接連不斷地湧了上來，完全無法遏止。

為什麼我會忘記了呢？

那一天發生的事。

那場車禍的事。

還有，我的……「女朋友」的事。

明明絕對不可以忘記的。

明明就只有我是絕對不能忘記的。

背後傳來有人接近的氣息。

腳踩在地面上的單薄聲響。

想必她是一路追著突然衝出門的我過來的吧？

我深深地呼了一口氣，轉身直直地望向站在我身後的一夏，開口問道：

「妳……是誰？」

4

我早就明白，遲早有一天得面對這句話。

那代表他找回了他的記憶，而這應該是我所期望的結果才對。

但實際身處這個場面時……我的心卻隱隱作痛。

他望著我的眼神。

那和我至今已經體驗無數次的驚訝視線又有些不同，但那確實是望著陌生人的目光。

我下意識地捏緊裙襬，勉強擠出聲音回應。

「……明良，你想起來了，對吧？」

「嗯，全都想起來了。至今的事、車禍的事、還有……『她』的事。」

明良深深地點頭。

「我……五年前發生那場車禍之後，就一直把許多重要的事情忘記了。那個夏天，還有『她』的事也是，我全都忘得一乾二淨。在七日反覆的夢境中生活至今。可是……這個東西喚醒了我。」

他手裡拿著的是一張照片。

上面是靦腆笑著的明良和一個依偎在他身旁、不是我的女生，她的膝蓋上還有喵太的身影。

明良繼續說道：

「這才是我的『女朋友』。五年前交往過、無法取代的重要存在。我真的……很喜歡『她』。所以我現在非常清楚，雖然長得很像，但妳不是『她』。我再問妳一次，妳……是誰？」

他再度朝我拋來同一個問題，我下定決心。

我用右手緊緊按住一直劇烈鼓動的心臟，深深嘆了一口氣，在腦海中回想我早已為這一天的到來準備好的台詞。

接著，我開口說出不曉得已經是第幾次的自我介紹。

「你好，初次見面。我是日向一夏。五年前過世的，日向千夏的妹妹。」

日向千夏——大我一歲的姊姊，對我來說是個非常重要的人。

我和姊姊很相似。

不只外表，個性、想法、興趣、還有喜歡的食物等都很像，共通點多到常常會有人誤以為我們是雙胞胎。我對這件事感到很高興，姊姊的想法似乎也跟我一樣。

極為相像的姊妹。

可是呢，只有一個地方不一樣……我的身體狀況並不好。

我有先天性的心臟疾病，聽說是心臟中膈異常，要完全治癒只有移植一途。所以我從小就常常進出醫院，也經常不能去學校上學，幾乎沒有朋友。

對於這樣的我來說，姊姊就是連接我和外面世界的唯一通道。

每次姊姊來看我時，我最喜歡聽她說學校發生的事情，還有那些每天發生的尋常小事，總是聽到入迷。或許我是藉此想像自己也和普通人過著一樣的生活吧。

有一天姊姊來病房時，難得地心情有些飄飄然。

在我的詢問下，她說她認識了一個同年的男孩。

因為那個男生在公園看星星時撿到她弄掉的玩偶，兩個人才因此熟絡起來。

「而且我跟妳說，他實在太失禮了。桐原他居然以為我的年紀比他大耶。」

「啊哈哈哈，姊姊看起來的確是很成熟。」
「什麼呀，連一夏都這樣說。」
「抱歉抱歉，不過那個男生不是拚命辯解了嗎？好想親眼瞧瞧那個畫面喔。」
「他真的很老實。不過這種特質倒是得分蠻高的呢。」
聽著姊姊的描述，我不禁也對那個男生產生好感。光是聽轉述就能感受到他溫和善良的個性，肯定是個沉穩又溫柔的男生吧？
自從那天起，那個男孩子出現在姊姊話題中的頻率越來越高。
像是他讓姊姊看了白天裡的金星、兩人隨口閒聊聊得很開心、或是去那男生家玩，還在那邊一起吃了晚餐之類的。
姊姊也告訴我，那個男生在姊姊傾訴關於爸媽的煩惱時，只是靜靜地專注聆聽著。
爸媽的感情越來越差，這件事連我都有注意到。
他們兩人都要工作，原本就十分忙碌，常常會有一些小摩擦。我的病情不太穩定這點又推了一把吧？兩人一起來醫院的次數明顯減少，就算其中一個來了，表情也總是顯得十分疲憊，待不到三十分鐘就會回去了。
或許因為爸媽關係惡劣，所以我才會對那個男生更加嚮往吧。

每天聽姊姊講那個男生的事，雖然從沒見過本人，我內心也不禁漸漸浮現一種類似憧憬的情感。我總是很期待聽姊姊講他的事，不過我想那只是一種接近遲來的初戀，淡淡地、有些孩子氣的情感。在睡不著的夜裡，我想像著那個從未謀面的男生的日子，越來越多。

過沒多久，姊姊和那個男生開始交往了。

我覺得他們很相配。

當然，要說我完全不嫉妒，是騙人的。可是我非常喜歡姊姊，也一樣喜歡那個男生，所以我能夠真心地笑著說「恭喜妳」。

接下來的一個星期，是姊姊看起來最容光煥發的日子。

兩個人一起吃冰淇淋、看電影、去約會。姊姊興高采烈地跟我分享這些經過，我望著她明亮的笑臉，打從心底感到羨慕。我也想要找到一個真心喜歡的人。

最後一次見到姊姊，是在七夕前一天。

為了「七夕祭」的準備工作去大學過夜前，她先來看了我。

「社團的大家要一起住在學校，總覺得這樣好青春喔。明年一夏也一起去吧。」

姊姊說完就笑著走出病房。當時我完全沒想到，這就是我和姊姊最後的對話。

七夕當天下雨了，我從病房窗戶望見雨水滴落時，不經意地想著，啊啊，是「灑淚雨」呢。「灑淚雨」是我看書時看到的詞，我覺得這三個字很美，也有告訴過姊姊。

希望晚上會放晴……

我凝望著窗外的雨，心中這樣想著。

幾個小時之後，護士小姐臉色大變地衝了進來。

我完全搞不清楚發生了什麼情況，只能勉強理解目前情況十分不尋常，還有她吩咐我待會要立刻進行緊急手術，快點準備一下。

我直覺地感受到似乎發生了非常不好的事情。

可是當時我完全不曉得到底是發生了什麼事。

我在內心充滿了不安的情況下，被推進了有白色天花板的手術室。

後來，姊姊的心臟，就在我體內活了下來。

手術結束後一個禮拜，我才聽說了所有事情經過。

姊姊發生車禍，過世了，而且，她把心臟給了我。

還有……我也知道了他的情況。

聽說雖然撿回一條命，但他受了重傷，至少要住院半年。不光是這樣而已，還留下了嚴重的記憶障礙。

我太過震驚，完全無法思考任何事情。

我最喜歡的姊姊已經不在了。

我憧憬的那個男孩也失去記憶，忘掉姊姊的事了。

我彷彿陷入一片黑暗。

簡直就像是整個世界都翻轉過來，籠罩在無盡的陰影之下。

接下來的那段日子裡，我每天就光是睡覺和吃飯，連復健都沒有心情。幸好我身在醫院，所以渾渾噩噩地還是勉強能過日子。

兩個月之後，我終於出院了，比預定的時間遲了許多。

不過出院後，我還是對任何事都沒有興致。

姊姊已經不在了。姊姊所留下的，只有我左胸中不斷跳動的心臟。

拜這顆心臟所賜，我可以正常上學了，但我整個人像是具空殼，只是按照規定的時間到校、上課，行屍走肉般地度過每一天。

不知不覺，在那場車禍發生之後已經過了快一年了。

但我心中的大洞還是絲毫沒有縮減的跡象。

直到有一天，我整理姊姊的房間時，偶然從書桌裡翻到了那個東西。

「這是……」

那是一本日記。

上面寫著姊姊的字跡，記著姊姊的話語。

雖然我猶豫了一會兒，但最後還是決定翻開封面，裡面詳細記載著自從和他相遇以來，開始交往，直到最後那一天為止，姊姊最真實的心情。

我的眼淚滑了下來。

日記上的字都暈開了。

姊姊真的很喜歡、很喜歡他。

可是他卻把兩人之間的回憶忘了。

不只是這樣，他還一直困在只有七天的夏日中，連往前踏出新的一步都沒有辦法。

胸口裡的心臟劇烈跳動著。

我沒辦法放著他不管。
我覺得這是我唯一能做的事情。
等我回過神來，我已經站在他的面前。
朝著面露詫異之色的他，這麼說：
「你好，明良。我是日向一夏，你的『女朋友』。」

「對不起……一直以來，我都在欺騙你。」
我深深低下頭，向明良道歉。
「我想說，如果我化身為姊姊的模樣，重演姊姊和你一起度過的最後那七天，搞不好你就會想起我姊姊的事。我抱持著這種想法，這四年來不停地扮演著姊姊，外表、個性、語氣……全都是在模仿她。」
這件事對我來說不是很困難。
因為我原本就是最了解姊姊的人，我們的個性也原本就很相似。
「不過，只有名字……我用了自己的名字。雖然也是因為千夏和一夏唸起來有點像。

不過更主要的原因是，我希望你至少能知道我真正的名字……」

決定要陪伴他的這四年來，我拚命地搜索姊姊走過的痕跡。

我仔細閱讀日記，將上面寫的東西通通塞進腦中，每一天都盡量忠實地重演五年前的那七天。

那就像是一場永遠不會結束的演出。

我在七天的舞台上，扮演一個幽靈。

我不曉得支撐我這麼做的動力，是來自我那淡淡的憧憬，還是來自我胸口裡姊姊的碎片。

聽說心臟有記憶。

在心臟移植後，接受移植的人會繼承捐贈者的部分記憶和情感。雖然還沒有科學上的證據，但是已經存在好幾個實際案例。

一開始我之所以會覺得無法丟下明良不管，我無法否認應該是有受到那份「心臟的記憶」、受到姊姊的情感影響。但是這四年和他相處下來所產生的，想要珍惜明良的心情，確確實實是我，一夏自己的情感才對。

所以，就算一切我都必須照著姊姊的模樣來演出，但我希望至少能讓明良知道我的名字，這是我微小的心願。

「真的很抱歉……我沒有權利要求你原諒我，不管出於什麼樣的理由，我欺騙你這點都是無法改變的事實。」

沒有辦法坦白說出真相的自己。

就算只有短短一瞬間，我也希望你能看著「一夏」，因而說謊的自己。

所以昨天聽到喜多嶋的話時，我受到了極大的衝擊。

老實說，我聽到喜多嶋坦白一切時，真的非常驚訝。我完全沒發現她喜歡明良，也不知道「七夕祭」那天他們兩個人有碰面，胸口微微抽痛了一下。

不過事到如今，這些事實都已經不重要了。就算當初喜多嶋沒有拖住明良，明良也還是有可能會遲到，或者兩人也可能在其他地方遇上失控的汽車。說著那些如果當初怎樣怎樣的假設性話語，也無法改變已經發生的事實。既然如此，那些想像就只是徒勞。所以我沒有辦法責備喜多嶋，因為在隱瞞真相，沒辦法對明良坦白這件事上，我們兩個都是一樣的。

「不過，我希望至少在你全部想起來之後，能好好地向你坦白一切……」

可是，到頭來喚醒明良記憶的，還是姊姊的「聲音」。我不知道姊姊有寫「寄給未來的信」，也是今天才曉得她在櫻花樹下埋了禮物。我所不知道的，姊姊對於明良的心意，拯救了他。

我硬生生將複雜的心情壓下去，勉強自己擠出笑容朝著明良說：

「但是……真的太好了，你能找回自己的記憶。」

「……」

「這是姊姊和我共同的心願。」

明良找回記憶，我很高興。他能想起姊姊的事情，真的太好了。我是打從心底這麼想，沒有半分虛假。就算我的任務會因為這樣結束。

明良沒有回答。

只是站在原地，直直地望著我的雙眼。

5

對於她——一夏的坦白，我一句話都無法回應。

五年前的我肯定也曾經聽過這個事實吧？但是我無法接受，「她」——千夏的死讓我太痛苦了，於是選擇了逃避現實。

因為是我害死千夏的。都是因為我遲到了，她才會遇上車禍。跟喜多嶋無關，都是我的錯。不光是這樣，我還沒辦法保護她。我明明就已經注意到那台車失去控制了，卻沒有辦法救她。我無法承受這個事實。我太軟弱了。

這樣的我……根本沒有資格去責備一夏。

她的所做所為全都是為了我。就算她的確說了謊，但這比起她為我付出的那些，根本就微不足道，我從她那裡獲得的東西更加寶貴。

不過，我沒能將這些想法化成話語說出來。

剛剛甦醒的記憶，至今忘卻的事物，太過沉重，讓我的內心一時間十分混亂。

我真沒用。

過了這麼久，還是如此沒用。

我一直沒說話，一夏擠出有些悲傷的笑臉說道：

「……我想跟你說的話，就是這些。」

「……」

「你……很生氣吧？這也是理所當然的事，我一直都在騙你。我做的事情，真的很過分……」

「……」

「我真的、真的很抱歉。我明白就算道歉也沒辦法獲得你的諒解……我繼續待在這裡，只會讓你覺得不舒服吧？那我……回去了喔。」

一夏說完就深深低下頭。

接著她抬起臉，露出泫然欲泣的笑容，最後開口說道：

「明良，再見。」

「啊……」

她就這樣往公園的出口走去。

一夏的身影越來越遠，像是要融進橙紅色的晚霞一般。

——這樣好嗎？

就這樣讓她走掉，好嗎？

她……「她」不是千夏。

雖然兩人是姊妹，但還是不同的人。我現在要是叫住她，究竟是想幹嘛呢？

我正猶豫不決時，腦海中突然浮現葉月的話。

「只有這一點你一定要記住。這四年來陪在你身旁的人是誰？一直支持著你的人是誰？這對你來說一定會是很重要的事情。」

剛剛找回的這五年的記憶，在腦海中如跑馬燈般快速閃過。

一夏總是在我身旁。

在我身旁，綻放有如向日葵般的燦爛笑容。

不管她多麼努力地陪著我，每當七天結束時，我仍舊一次又一次將一切全都忘記。但她依然陪在我身邊。

她的內心一定很難受。

一定常常覺得痛苦、沮喪。而她明明隨時都可以拋下這一切不管才是。

但她卻沒有這麼做，總是努力地展露笑容，繼續陪在我身邊。即使這段日子充滿謊言，也無法掩蓋住這份不爭的事實。我好幾次……都愛上了這樣的她。

喚醒我的記憶的，確實是千夏的「聲音」。

但那會不會只是最後一把鑰匙呢？

我認為在那之前，是一夏宛若向日葵的笑容，一點一滴消融了覆蓋住記憶的寒冰，所以那把鑰匙才能順利插進鑰匙孔。

「女生都喜歡織女呀，畢竟她可是公主呢。」

「因為，我可是明良的『女朋友』呀。」

「女生基本上都怕妖怪和黑色惡魔啦，嗚嗚……」

「明良，HAPPY BIRTHDAY！」

一夏的身影一個接著一個浮現。

我記憶裡的一夏總是笑著，像是一方充滿陽光的暖和空間，無論何時都一直溫柔地照亮著我。

「……」

我沒辦法好好地用言語表達現在的心情。

但我覺得，一旦現在讓一夏離開，我就再也見不到她了。

只有這點……就連像獨角仙一樣遲鈍的我也很清楚。

等我回過神來時，雙腳已經跑了起來。

「一夏！」

我使勁全身的力氣，呼喊她的名字。

千夏和一夏。

一夏和千夏。

兩人的身影、還有回憶，交融在一起、重疊成為一個。

無論何時，千夏都在一夏之中。

千夏的心、千夏的情感，就在一夏的體內規律跳動著。

而一夏會將這份心意用如同向日葵般的明亮笑臉傳達給我，不是因為別的，是出於她自身的情感。

不斷反覆的漫長夏日，她們兩人一直在我身邊溫柔地守候著我。

在經過好幾個夏天之後，不只是千夏，一夏對我來說，也成了無法取代的重要存在。

我抓住一夏的手。

「明良……？」

「……別……」

「咦……？」

「別走。我希望妳從今以後也繼續待在我身邊，一夏。」

我終於擠出這句話。

但一夏聽了我的話之後，那張清秀的臉龐頓時皺成一團。

大顆的淚珠不斷從她的面頰滑落。

「我……可以……待在你身邊嗎……？」

「嗯。」

「可是……我一直在騙你……我也不是姊姊……這樣也沒關係嗎……？」

「沒關係。我希望妳待在我身邊。所以，別哭了。」

「……沒辦法。因為我跟姊姊一樣是愛哭鬼啊……」

她緊緊地抓著我胸前的衣服，抽抽搭搭地哭著。

透過一夏的身體，我聽到了她的心跳聲。

那是千夏遺留在這個世界的小小紀念。

怦咚、怦咚，穩定鼓動的聲音，簡直像是千夏正溫柔地朝我說話一般。聽說心跳聲裡也蘊含著粉紅雜訊。

我感受著千夏的鼓動，抬頭仰望天空。

在金星附近，有一個淡淡發著光、非常非常小的星星，那是千夏送給我的星星。

叫作「Ευχαριστώ」。

是希臘文裡的「謝謝」。

「……」

我凝望著那溫柔的光輝，回想起千夏最後的話語。

「我會一直守望著你，變成星星，一直在你身旁陪著你，所以明良，不要回頭。明良，你要活下去……」

傳說歐利蒂絲在奧菲斯來冥府救她時，叫奧菲斯絕對不能回頭。其中蘊含的意思肯定是，人類不能老是沉溺在回顧過去，必須要面向前方、展望未來吧。而千夏在臨終時想告訴我的，肯定就是這個訊息。

千夏，謝謝妳……

該道謝的人是我才對。

我在心中無聲地對著已經不在人世的她道謝。

已然暮色低垂的西方天空上，「Ευχαριστώ」淡淡地發著光。

Epilogue
終章

◇

平緩斜坡的丘陵上，溫柔的風徐徐吹拂。

我用毛巾拭去額頭上滿滿的汗水。現在雖然還是很熱，但已經不像前陣子那樣酷熱，天氣變得宜人多了。

夏天快要結束了。

「……千夏，我來了。」

我在能夠眺望整片向日葵的小丘上，對著灰色的墓碑輕聲低喃。

我花了好久才終於來到這裡。

在半途迷路，又繞了遠路，花了五年的光陰。

但今天我總算抵達了「她」沉睡的地點。

千夏的墓打理得很整潔，墓前還供俸著新鮮的花朵。

「那應該是爸媽放的。」

身旁的一夏說道。

「自從那時起，爸媽的感情就變好很多，現在還是每個月會來看姊姊兩次。」

她說完就朝墓碑安靜地合掌致意。

「爸爸和媽媽，現在也很努力地好好相處。五年前他們真的差點就要離婚了，他們現在能和好，都要歸功於姊姊的努力呢。」

一夏和千夏的爸媽，現在似乎也處得不錯。

在千夏鼓起勇氣說出自己的想法，夫妻兩人好好談過之後，似乎終於察覺到什麼才是對自己最重要的東西。雖然現在偶爾還是會起口角，但一夏說他們已經沒有離婚的念頭了。

「不過呀，姊姊真是太能忍了。要是我遇上他們在家裡吵個沒完，一定會立刻發飆，叫他們要吵去別的地方吵啦！」

她笑著說。

不會默默隱忍、在心裡累積情緒這點，是千夏所沒有的特質。

一夏和千夏雖然很相像，但還是不盡相同。

舉例來說，千夏非常喜歡熱騰騰的食物，但一夏很怕燙。千夏喜歡藍色，但一夏喜歡的是紅色。千夏要分類的話比較偏向喜歡靜態活動，但一夏偏愛戶外活動。一開始我總覺得有些不習慣，但她們原本就是不同的兩個人，現在的我已經能夠完全接受她們各自的不同。

「至今為止我因為要假扮姊姊，所以一直努力表現出溫良恭儉讓的一面，以後搞不好有時會強勢進攻喔。明良，你要做好心理準備。」

「強、強勢進攻？」

「嗯，強勢進攻。」

她頑皮地笑著說。她的這種地方很有「妹妹」的感覺。

「啊，不過呀，只有一點是從以前開始，我們兩姊妹一直相同的部分。你知道那是什麼嗎？」

「？」

是什麼？

我露出疑惑的表情，一夏展露向日葵般的笑容，揭曉謎底。

「那就是呢——在這個世界上最喜歡明良了。」

聽到這句話，我也只能紅著臉投降了。

我恢復記憶的事，當天很快就告訴大家了。

不只家人，每個人聽到突如其來的消息都十分訝異，但也都替我感到開心。

「你總算醒過來啦，哥你果然超愛賴床。」

「明良，歡迎回來。」

「終於回來啦。」

「喵——」

「葉月、媽媽、爸爸、喵太……」

「真、真是的，居然花了五年，你實在是太廢了吧。這樣看來以後肯定會常常讓一夏操心，乾脆趕快把人家娶回家好了啦，你這笨蛋哥哥。」

葉月嘴上不饒人，但眼裡早已浮現一層薄薄的霧氣，看得我不知所措。

祐輔他們這些大學的夥伴們也都開朗地祝賀我。

「喔喔，你想起來了嗎？太好了。是說，對我來講不管是哪個明良都無所謂啦。不管有沒有記憶，明良都是明良呀。」

「真的太好了。這樣一來，我就能放心地把天文同好會的下一任社長職責交給桐原你了。原本要是你沒恢復記憶，我就只能勉強拜託杉本呢。」

「不能再讓一夏哭了喔。」

「不過真的是恭喜你了。那麼我們就立馬來聚餐慶祝吧！」

大家都替我感到高興，在我背後重重地拍了拍。

只有喜多嶋避開我的眼神，低聲說道：

「……你還在生我的氣吧……？」

「喜多嶋……」

「……我明白，這也是沒辦法的事。都是我害的，你才會變成那樣，還有日向她才會……」

她低垂著頭，聲音不停地顫抖。

那張總是開朗活潑的臉龐，因為愧疚而扭曲變形。

我輕輕將手放到喜多嶋的肩上。

「喜多嶋，事情已經過去了。」

「咦……？」

「我，應該說我們，我們沒有生妳的氣。我們不認為那場車禍是妳害的。」

過去我活在只有七天的記憶裡時，喜多嶋一直都很照顧我。

從我找回的記憶中，我知道在大學裡她也常常來關心我的情況，總是從旁協助。我能夠平安順利地享受大學生活，都是喜多嶋和祐輔的功勞。我感激都來不及了，根本不可能去恨她。

「可、可是，我……如果那時我沒有拖住你，如果不是我害你遲到，你們可能就不會遇上那場車禍了……」

「對於已經發生的事情，是沒有『如果』可言的喔。如果照妳的說法，那麼當初我也可以丟下妳逕自離開呀，但我卻沒有那麼做。這樣說來，會遇上那場車禍也是我害的吧？」

「才、才沒有這種事！你這種想法太牽強了……」

「對吧？喜多嶋，妳這樣一直自責，也跟我剛剛講的同樣牽強呀。妳不需要再繼續困在那個夏天的七天裡了，我希望妳能從那件事當中解脫。」

「明良……」

喜多嶋忍不住哭了，大顆的淚珠從她臉上滾落。

我不希望喜多嶋繼續陷在自責之中，不希望她繼續背負沉重的過往，這是我的期盼，我相信千夏一定也這麼希望。

我們必須向前走。

恢復記憶的三天後，我和一夏一起去找吉野。

吉野是千夏在高中時最要好的朋友，也是在那次「七夕祭」中偶然遇見的人。

吉野對於我們突然的來訪顯得非常驚訝，不過立刻就爽朗地表示歡迎。在我們說明事情經過之後，她露出有些寂寞的笑容，哽咽地說：「是呀，日向已經不在了呢……」但她馬上又接著說：

「不，我說錯了。日向還活著呢，在一夏的體內。」

這句話讓我們獲得了很大的救贖。

她說她現在正為了成為醫生而努力著。

當她知道千夏出車禍，也知道一夏生病的事後，一直無法原諒無能為力的自己，所以希望至少將來能從事拯救他人性命的工作。

「以後你們要是生病或受傷，要第一個來找我喔。不管天大的事情我都會先擺到一旁，優先幫你們看病的。」

吉野笑著說。

五年後，我會在旅行時因為急性盲腸炎而被送到她任職的醫院……那又是另一個故事了。

◇

離開千夏的墓後，我們來到某個地方。

是墓地所在丘陵附近的一塊地勢較高的場所。

那是一座開滿向日葵的公園。忘了是什麼時候，一夏曾帶我來過的她的祕密基地。

「不好意思，這裡也是我『一夏』喜歡的地方。」

一夏邊吐舌頭邊說。

「有時候我來看姊姊，報告明良的近況，覺得心情十分低落時，就會在這裡看向日葵。只要看到向日葵無論何時都站得直挺挺、永遠朝向太陽的模樣，我就能獲得一些力量。所以那時候我無論如何都希望能讓你也看到這片景色，還有，我也想和恢復記憶後的你一起來……是說，現在都已經枯了一大片了。」

大概是我們來的遲了，上百株向日葵有一半已經垂頭喪氣地彎著腰。不過即便如此，佔滿視野的整片繽紛黃色依然十分耀眼，震撼程度絲毫不減。

我能夠懂一夏所說的，只要來到這裡，就能獲得一些力量。充滿光亮和向日葵香氣的這個場所，洋溢著一股生命力。

這樣的地方，或許正好適合來聽這個。

我從口袋中取出錄音機。那台當時從櫻花樹下挖出來的錄音機。我朝一夏看了一眼，隨即按下播放鍵。

「明良，生日快樂。」

千夏的聲音從小小的喇叭中流瀉而出。

像是拂過耳際的微風般，悅耳動聽的聲音，靜靜地訴說著對我的祝福和她的情感。

到這裡是當時聽過的部分。

但是……

——這份錄音還有後續。

在三分鐘的沉默之後，出現了一陣小聲清喉嚨的聲音，喇叭又開始放出聲音。

『——那個，明良，你該不會正在聽這段錄音吧？」

『嗯——從這邊開始是隱藏版錄音，你要是聽到了，就把它當成是一點小福利吧。」

錄音機中傳出千夏有些害羞的輕笑聲。

我會聽到這個真的純屬偶然。

在恢復記憶之後，我有天突然想要再聽一次千夏的聲音，才不小心發現的。一開始我還以為是重複播放功能，但立刻注意到並非如此。

裡面藏著千夏的另一份訊息。

『話說呢，你正在聽著這份錄音，就表示現在我並不在你身邊了吧？咦，你想問我為什麼曉得嗎？呵呵，理由很簡單。因為我要是在的話，絕對不會讓你聽到這麼丟臉的大告白。換句話說，阻止你聽這份錄音的我，已經不在了呢。』

『現在的我並不曉得是出於什麼原因……可以的話我希望那不是個悲傷的理由。』

『好了，接下來就進入正題。雖然我不清楚詳細情形，但是我已經不在你身邊了……

這也就是說，肯定發生了某些事情，讓我和你不得不分開。而我有點擔心，那個道別會不會成了某種枷鎖呢？你就是會在意這種事的類型……』

『所以，要真是如此……我希望你能夠放下我。雖然我說這些話可能有點太囉唆了，可是明良，我希望你無論何時都能向前看。就像歐利蒂絲對奧菲斯的期盼那樣，我希望你不要沉溺在過去之中，要活在現在與未來。』

『比起已經逝去的時間，請你更要珍惜獨一無二的現在。』

『你現在聽著這份錄音的那個夏季，也是獨一無二的。』

『因為我在這個夏天從你身上獲得的東西，就是如此寶貴。』

『這是我的期盼。』

『當然，要是你還記得我，我會非常非常高興。但我希望那份記憶不會變成一場無法散去的迷霧籠罩住你的內心，我希望那能成為一份美好的回憶，就如同在心中淡淡發亮的靜謐星光。你只要一年一次，在夏夜裡看著「Ευχαριστώ」，同時在心裡想著，啊啊，對了，我曾經遇過那樣的女孩呢。這樣對我來說就已經非常足夠了。』

『我知道即使我不在了，你一定也會過得好好的。你身旁有葉月、有溫暖的家人陪伴，還有祐輔、喜多嶋、真琴、社團的大家在，肯定每天都會充滿了歡笑。』

『啊，只有一件事情我想拜託你……萬一、萬一我出了什麼事，希望你能稍微照顧一下我妹妹，一夏。我還沒好好跟你提過，其實我有個小我一歲的妹妹，叫作一夏。她雖然看起來很開朗堅強，但其實個性就像隻小狗，非常怕寂寞又愛撒嬌，她可能會覺得很孤單。那時希望你能稍微分點心力陪她，只要一點點就好了。雖然我是她姊姊，但我還是不得不說，她真的是個好孩子，跟你一定能處得來的。』

『哎呀，話題跳來跳去的，不小心就講得太長了，我想說的就是這些。』

『不過，要是可以的話，無論什麼形式都好，我還是希望自己能在你的身邊。』

『最好的情況還是其實這時我人也在旁邊，只是因為一個小失誤，才會兩個人一起聽到了這份錄音。雖然這樣實在有點丟臉，但如果那時我也能在你的身旁，不知道該有多好……』

『……』

『……』

『……好了，氣氛好像被我搞的有點感傷。那麼，這次真的要結束嘍。後面已經沒有了，你就把開關關掉吧。為了消滅證據，這台錄音機將在十秒鐘後自動引爆……當然是不會發生這種事啦，你就放心吧。』

『那麼，再見嘍，明良。』

『今年夏天對我來說，是一輩子都不會忘記的，獨一無二的夏天。』
『無論最終結果如何，這個夏天能和你一起度過，我真的、真的覺得非常幸運。』
『不管我身在何方，不管我變成什麼模樣。』
『在這個世界上……我最喜歡你了喔。』

錄音就到這裡為止。

沙——有如沙塵暴一般的雜訊聲從錄音機中靜靜流洩而出。

「……真、真是的，姊姊到最後都在擔心別人的事……」一夏眼眶含淚，輕聲說：「居然把萬一自己已經不在了的各種情況都先設想好……她真的是很愛操心耶……而且竟然連我的事情都……」

正如一夏所言。

不過這實在很有千夏的風格。

「姊姊……她應該真的覺得自己不會聽見這份錄音吧。你看，現在心臟好像覺得很害羞似地，跳個不停。」

一夏拉過我的手，放在她的左胸口上。

隔著薄薄一層洋裝，掌心上傳來她的鼓動，確實是急速又慌亂。

「姊姊她呀，以前曾經這麼說。」

一夏開口說道。

「我有次跟姊姊抱怨『為什麼姊姊叫千夏，裡面有個千，但我卻是一夏，只有一呢？千比一好多了呀，太不公平了。』然後姊姊笑著回我『才不會呢。一夏的一，代表的是獨一無二的夏天。我覺得比起有一千個，獨一無二的唯一一個才好呢。』」

「……」

「當時我不明白姊姊的意思，既然同樣都是夏天，多一點肯定比少一點好呀，我那時是如此深信的。不過……現在我似乎能稍微懂姊姊想表達的涵義了。重複了四次的夏天，對我們來說肯定是無可取代的經驗，今後也一定會深深牢記在心裡。但是踏出嶄新步伐的，這個只有一次的夏天，也會化作無比鮮明閃耀的記憶，留在我心底。姊姊送給我的夏天，肯定會成為『獨一無二的夏天』，在我體內持續存活著。就像是對姊姊來說，跟你相遇的那個夏天一樣。」

一夏將手放在左胸上，輕輕地闔上雙眼。

和千夏一起度過的那個夏天，既強烈又清晰地發著光，對我來說是絕無僅有的寶物。

然而現在和一夏攜手走過的夏日，也不會再有相同的第二次，同樣是無可取代、獨一無二的夏天。千夏在最後想告訴我的就是這件事吧？然而，現在我已經無從得知正確答案了。

我抬頭仰望天空，「Ευχαριστώ」發出淡淡的光芒。

一夏用力握緊我的手。

「不過……無論是明年、後年，我，不對，是我們，都想要和明良一直一起共度每個『獨一無二的夏天』喔。」

「一夏……」

「一直和你在一起……」

一夏小心翼翼地輕輕往我靠來。我感受到一夏的溫度，還有她身上好聞的柔和香氣。

「一夏像小狗一樣愛撒嬌這點，是真的耶。」

「咦？這、這個，我……」

「但是這樣的一夏也很新鮮，還蠻可愛的。」

「真、真是的，明良你這笨蛋。」

一夏滿臉通紅，輕輕地捶著我的胸膛。

她捶打的節奏十分有規律，簡直像是心跳聲一般。

往後，我要邁入嶄新的夏天。

一夏與千夏。

和以夏季為名，溫柔的兩姊妹一起攜手前進。

用心感受每一個不會再發生第二次的，「獨一無二的夏天」。

夏天的幽靈，已經不在了——

在錄音機又多錄了一段訊息之後，我不禁呼地吐了一口長氣。

我不曉得明良到底會不會聽到這段訊息，話說回來，我是比較希望他不要聽到啦。那我到底是為了什麼錄下這種內容呢？但我就是覺得想要把現在的想法給留下來。

畢竟沒有人能夠預料往後會發生什麼事情。

當然我一點都不想分手，明良應該也跟我有同樣的想法才是。這點我倒是很有自信。是說，我們才剛開始交往，在熱戀期有這種自信是理所當然的吧，應該啦。

不過，未來是一個完全無法掌控的東西。

搞不好明良突然決定要去國外留學，搞不好因為爸爸調職我們得全家搬到巴西，搞不好明天世界就毀滅了，搞不好，我會因為某種原因而離開人世也說不定。一夏要是聽到我這樣講，肯定會笑我「姊姊，妳真的是很愛操心耶！」連我自己都忍不住這麼覺得。不過如果真有一天我會離開明良的身邊，我最真實的想法就如同那份訊息裡說的一樣，我希望無論何時明良都能向前邁進。

待會我就要為了準備「七夕祭」而去大學過夜，會有一段時間沒辦法去醫院，所以出發前要先過去看看一夏。一夏的個性很堅強，在我面前總是保持著笑容，但我知道她其實覺得一天到晚關在醫院裡非常寂寞。對了，下次我帶明良一起去找一夏好了，那兩個人應該會很合得來。

我踏出家門，金黃陽光從天空遍灑下來，炙熱的彷彿就要灼傷皮膚一般。

接下來，時序就要邁入真正的夏天了。

不會再有第二次、無比特別、「獨一無二的夏天」。

我和明良一同走過的夏天。

我打從心底期盼，這個美好的季節能夠持續到永遠。

有明良在，有一夏在，還有葉月、喵太、和吉野在身邊。

五年後，大家也能一同在「Ευχαριστώ」的光芒底下歡笑就好了呢。想像這些畫面，是我的自由。

因為……

我已經曉得，夏天是能夠抓住星星，洋溢著希望的季節。

我輕輕地用手撫摸耳朵上發亮的星星碎片。
那時明良替我抓住的閃亮星星。
溫暖的夏風，輕輕吹拂過我的臉龐。

end.

後記

各位讀者好，我是五十嵐雄策。

很感謝各位撥冗閱讀這本《七日間的幽靈，第八日的女友》。

本書描述一段在夏季發生的故事。提到夏天，各位腦中浮現怎樣的畫面呢？是萬里無雲的晴朗藍天、積雨雲、向日葵、蟬鳴、還是海邊呢？浮現的場景應該因人而異吧。

對我來說，一想到夏天腦海中就浮現幽靈這兩個字。夏天同樣也是試膽大會和盂蘭盆節的季節，在我心裡，幻想和現實的界線彷彿會在夏季變得模糊曖昧。雖然本書提到幽靈時，並不一定都是指那種存在於幻想中的幽靈，但這兩個字確實是引領故事前進的關鍵字。如果在惱人蟬鳴不絕於耳的炎熱夏日中，主角面前突然出現宛如幽靈般少女的這個故事，能帶給各位一段愉快的閱讀時光，我身為作者，沒有比這更值得高興的了。

另外，我在故事裡也埋了一些伏筆。如果讀者在看完整個故事之後，能覺得：「啊，原來那個地方是這麼回事呀」，那就再好不過了。

以下是感謝辭。

責任編輯和田、三木、平井。在MediaWorks文庫，我還是只出過兩本書的新人，今後也請各位多多指教。

負責插畫的sime老師。謝謝你精美的插圖，精湛的用色讓我一見鍾情……

還有，我想感謝負責設計和校閱等，所有為了出版這部作品而付出努力的人們，謝謝你們。

最後，我最感謝的還是，拿起這本書的各位讀者。

期待能有機會再度與各位相逢——

二〇一六年六月　五十嵐雄策

看得見聲之色的我，愛上了透明色的妳！
《我成了校園怪談的原因》作者最新力作！

傾聽妳的顏色

小川晴央／著　古曉雯／譯

就讀藝大的杉野誠一因為「聲之色」的關係，看得見他人的感情或謊言。這樣的他，在校園裡遇見了一名失去聲音的透明女性。在便條本上寫著「川澄真冬」並自我介紹的女性，提出想幫誠一製作影片的請求，相對地，希望誠一使用錄在錄音帶裡姊姊的歌聲。深深被川澄吸引的誠一，想要知道她內心的顏色……

定價：NT$280/HK$85

國家圖書館出版品預行編目資料

七日間的幽靈，第八日的女友 / 五十嵐雄策作；
莫秦譯. -- 初版. -- 臺北市：臺灣角川，2017.10
面；　公分. --（角川輕.文學）

譯自：七日間の幽霊、八日目の彼女
ISBN 978-986-473-936-3(平裝)

861.57　　　　　　　　106015062

輕文學 Light Literature

七日間的幽靈，第八日的女友

原著名＊七日間の幽霊、八日目の彼女

作　　者＊五十嵐雄策
插　　畫＊sime
譯　　者＊莫秦

2017年9月27日　初版第1刷發行
2023年6月14日　初版第6刷發行

發 行 人＊岩崎剛人
總　　監＊呂慧君
總 編 輯＊蔡佩芬
主　　編＊李維莉
設計指導＊陳晞叡
印　　務＊李明修（主任）、張加恩（主任）、張凱棋

台灣角川

發 行 所＊台灣角川股份有限公司
地　　址＊104台北市中山區松江路223號3樓
電　　話＊（02）2515-3000
傳　　真＊（02）2515-0033
網　　址＊www.kadokawa.com.tw
劃撥帳戶＊台灣角川股份有限公司
劃撥帳號＊19487412
法律顧問＊有澤法律事務所
製　　版＊尚騰印刷事業有限公司
I S B N＊978-986-473-936-3